maritim

Das Buch

1944: Nach dem harten Norwegeneinsatz von *U 112* hätte dessen erfolgreicher Kommandant Arne Thomsen eigentlich mehr als nur ein paar Urlaubstage verdient gehabt. Doch das U-Boot-As wird nach Berlin ins Hauptquartier Koralle befohlen. Er soll als 2. ASTO unter Kapitän Roloff die geheime, von Dönitz jedoch unterstützte Marineoperation »Siegfried« zu Evakuierung der U-Boot-Lehrdivision in Gotenhafen wie auch der Zivilbevölkerung aus dem ostpreußischen Kessel vorbereiten. Politisch riskieren die Beteiligten dabei ihren Kopf, da Reichsgauleiter Koch jedwede Evakuierung kategorisch ablehnt. Und zudem tummeln sich in der Ostsee nach wie vor jede Menge russischer U-Boote, deren Kommandanten auf Beute für ihre Torpedos lauern …

Der Autor

Erik Maasch, gebürtiger Berliner, absolvierte die Marineschule Flensburg-Mürwik, nahm als Seeoffizier und U-Boot-Fahrer am Zweiten Weltkrieg teil und war als *Kapitän auf großer Fahrt* auf deutschen Kauffahrteischiffen zugelassen. Es folgten 30 Jahre als Lehrer und Schulleiter, bevor er sich ganz der Schriftstellerei widmete und zu einem der erfolgreichsten Autoren maritimer Spannungsliteratur wurde.

In unserem Hause sind von Erik Maasch bereits erschienen:

Auf Sehrohrtiefe vor Rockall Island
Duell mit dem nassen Tod
Im Fadenkreuz von U 112
Letzte Chance: U 112
Tauchklar im Atlantik
Die U-Boot-Falle
U 112 auf Feindfahrt mit geheimer Order
U-Boote vor Tobruk
U 115: Jagd unter der Polarsonne
U 115: Die Nacht der Entscheidung
U 115: Operation Eisbär

Erik Maasch

Das U-Boot-Tribunal

Roman

Ullstein

Besuchen Sie uns im Internet:
www.ullstein-taschenbuch.de

Umwelthinweis:
Dieses Buch wurde auf chlor- und säurefreiem Papier gedruckt.

Originalausgabe im Ullstein Taschenbuch
1. Auflage September 2007

Umschlaggestaltung:
HildenDesign, München, und Buch und Werbung, Berlin
Titelabbildung: Viktor Gernhard
Satz: Pinkuin Satz und Datentechnik, Berlin
Gesetzt aus der Excelsior
Druck und Bindearbeiten: Ebner & Spiegel, Ulm
Printed in Germany
ISBN 978-3-548-26740-1

Ich erreichte Berlin erst am späten Nachmittag. Eigentlich hätte ich bereits vor Stunden hier sein sollen, aber pünktlich irgendwo anzukommen war in Deutschland inzwischen zu einer frommen Hoffnung geworden. Mehrere Male hatte der Zug unplanmäßig für Stunden halten müssen, weil irgendwo vor uns ein Luftangriff tobte.

Drei Wochen Urlaub hatte man mir bewilligt, drei herrliche lange Wochen mit Anke und den Kindern, fern vom Krieg. Auf Föhr war das Waffengeschehen immer noch weit entfernt, oder nein, es war nie weit weg, aber weiter als von anderen Orten. Natürlich machte es sich auch auf der abgelegenen einstigen Walfängerinsel bemerkbar. Nicht durch Luftangriffe, Bombenexplosionen und Feuersbrünste, rief sich aber dafür mit Lebensmittelkarten, allgemeiner Verknappung und vor allem mit Briefen immer wieder in schmerzliche Erinnerung. Den gefürchteten amtlichen Schreiben, die mitteilten, daß »Ihr Sohn tapfer für Führer, Volk und Vaterland gefallen« sei oder »Ihr Mann seit dem heldenhaften Kampf da oder dort vermißt« werde.

Es war ein Krieg, der völlig anders geartet war als der, den ich kannte. Zwei Jahre hatte ich in Frankreich als U-Boot-Flottillenchef zugebracht. Mein letzter Urlaub datierte mehr als eineinhalb Jahre zurück. Viele Boote waren in der Zwischenzeit verlorengegangen, alte Freunde tot oder in Gefangenschaft geraten. Ich selbst hatte die gnadenlose Härte des Seekriegs erneut hautnah miterlebt, als ich mit *U 112* vom belagerten Brest nach Norwegen durchgebrochen war.* So zumindest hatte ich das seinerzeit gedacht. Die Wirklichkeit an Land war anders. Natürlich hatte ich, wie jeder, vom Feuersturm über Hamburg gehört. Aber die zerstörte Stadt zu sehen …

Berlin lebte noch, auch wenn die Schäden schwer waren. Wohin man sah, ragten Ruinen in die Höhe, überall breiteten sich große Trümmerfelder aus, wo einstmals ganze Gebäudekomplexe gestanden hatten. Aber irgendwie ging das Leben weiter. Unschlüssig stand ich mit meinem Zeug am Bahnhof und überlegte, wie ich weiterkommen würde, während ich die Eindrücke auf mich wirken ließ. Vieles ging mir im Kopf herum. Deutschland würde den Krieg verlieren. Natürlich wußten das alle, auch wenn es gefährlich war, solche Dinge auch nur anzusprechen. Erst vor ein paar Wochen war das Attentat auf Hitler fehlgeschlagen, und viele Generäle der Wehrmacht hatten den Preis dafür bezahlen müssen. Allerorts wucherte das Mißtrauen der Partei. Ich hatte ja meine eigenen Erfahrungen damit gemacht, als einer meiner Offizie-

* Siehe Erik Maasch: *Letzte Chance: U 112.*

re gleich mehrere Kommandanten denunziert hatte.* Ein unbedachtes Wort konnte sicherer den Tod bringen als eine britische Wasserbombe.

»Fregattenkapitän Thomsen?«

Ich blickte mich um. Ein noch junger Leutnant sah mich erwartungsvoll an. »Fregattenkapitän Thomsen?« wiederholte er.

»Ja, und wer, bitte, sind Sie?«

Die Augen des Leutnants schienen ein Eigenleben zu entwickeln. Blitzschnell huschten sie über meine Uniform. Für einen kurzen Augenblick blieben sie an meinem Ritterkreuz kleben, dann sah er mir wieder ins Gesicht. »Leutnant zur See Born, Herr Kapitän. Ich soll Sie abholen und zum Hauptquartier Koralle bringen.«

Auch ich unterzog seine Uniform einer kurzen Musterung. Ein EK1, aber kein U-Boot-Kampfabzeichen. Ein eher seltenes Geschöpf also. Langsam nickte ich. »Also dann, zur Koralle!«

Er nahm meinen Seesack und marschierte voran. Etwas außerhalb des Blickfelds wartete bereits ein Kübelwagen, um uns nach Bernau zu bringen, zum Hauptquartier der Reichsmarine oder dem, was davon noch übrig sein mochte.

Nachdenklich saß ich auf der Rückbank und betrachtete die vorbeihuschende Trümmerlandschaft. Kein Zweifel, der Krieg war verloren. Warum zum Teufel kämpften wir also noch weiter? Die Antwort war klar. Weil der Frieden für Deutschland noch schlimmer werden würde.

---

* Siehe Erik Maasch: *Letzte Chance: U 112.*

Kapitän Roloff, der 1. ASTO, begrüßte mich freudestrahlend. »Schön, daß Sie endlich hier sind, Thomsen!« Er streckte mir die Hand entgegen, und ich schüttelte sie kräftig.

»Der Zug hatte Verspätung. Bombenangriffe, Herr Kapitän!«

Roloff zuckte mit den Schultern. »Wir wissen alle, wie das ist.« Er stockte kurz, bevor er höflichkeitshalber fortfuhr: »Wie war der Urlaub?«

»Herrlich!« Ich sah ihm in die Augen und registrierte, daß ihm mein winziges Zögern vor der Antwort nicht entgangen war. »Wir hatten uns ja auch lange nicht mehr gesehen.«

Er verzog das Gesicht. »Na, wenn das so ist ...« Nachdenklich rieb er sich das Kinn. »Der Chef ist im Führerhauptquartier. Wird heute wohl auch nicht mehr reinkommen. Gehen wir zu mir und trinken erst mal was. Da kann ich Sie dann auch gleich aufs laufende bringen.« Er wandte sich an den immer noch wartenden Leutnant Born. »Kümmern Sie sich bitte um das Gepäck von Kapitän Thomsen, Herr Leutnant!«

Steif salutierte Born und griff nach meinem Seesack. »Sie wollen Quartier hier im Hauptquartier nehmen?«

»Wenn was frei ist?« Ich sah Born überrascht an.

Der lächelte schmal. »Frei ist sicher was, aber der Komfort läßt zu wünschen übrig, Herr Kapitän. Wir hätten aber durchaus auch ein paar Unterkünfte im Ort anzubieten.«

»Trotzdem wäre ich gerne näher am Schuß.« Ich dachte an meine Erfahrungen in Brest. Prinzipiell hatte ich Bunker zu schätzen gelernt, auch wenn sie keine hundertprozentige Lebensversicherung darstellten. »Suchen Sie mir daher etwas nicht ganz jwd.« Ich zwinkerte ihm zu. »Danke, Leutnant!«

Er richtete sich wieder auf und legte die Hand an die Mütze. »Melde mich dann ab, Herr Kapitän! Ich sage später Bescheid, wo ich Sie untergebracht habe.«

Unwillkürlich legte ich ebenfalls die Hand an die Mütze. »Weggetreten, Leutnant!« Oha! Die Sitten im Hauptquartier waren offenbar immer noch strenger als bei den Frontflottillen. Zum Glück hatte ich wenigstens meinem Binder einen für meine Verhältnisse einigermaßen vorschriftsmäßigen Knoten angedeihen lassen.

»Kommen Sie!« forderte Roloff mich auf.

Ich folgte ihm durch die Gänge des unterirdischen Hauptquartiers. Das Ganze ähnelte einem verzweigten Maulwurfsbau und war gar nicht zu vergleichen mit den U-Boot-Bunkern, die ich an der Atlantikküste kennengelernt hatte. Wir passierten endlos lange Korridore, an denen Arbeitszimmer lagen. Die Hinweisschilder an den meisten Abzweigungen sagten mir im Augenblick gar nichts.

Der Kapitän, als 1. ASTO mein Vorgesetzter, bemerkte meine Verwirrung. »Ganz schön weitläufig unser Keller, nicht wahr?«

»Ich werde wohl ein paar Tage brauchen, bis ich mich da einigermaßen zurechtfinde.«

»Halb so schlimm.« Roloff blieb vor einer Tür stehen und öffnete sie. Nur ganz kurz sah ich das Täfelchen, das darauf hinwies, daß hier der Erste Admiralstabsoffizier von Großadmiral Dönitz, dem Befehlshaber der Reichsmarine, residierte.

Hämmernde Schreibmaschinen begrüßten uns. Diverse Marinehelferinnen und ein paar Funker verschiedener Dienstgrade gingen ihren Aufgaben nach. Ein älterer Signalmeister, dessen eines Bein offensichtlich eine Holzprothese war, hinkte durch den Raum. Nach der bleiernen Ruhe, die in den Gängen geherrscht hatte, erschien mir all die Aktivität geradezu hektisch. Verdutzt sah ich mich um.

Der Kapitän nickte kurz in die Runde. »Liegt etwas Wichtiges an?« erkundigte er sich.

Die Antwort bestand aus einem allgemeinen Kopfschütteln. Der Signalmeister griente und meinte: »Alles wie üblich, Herr Kapitän.«

»Gut! Wir sind dann in meinem Arbeitszimmer, falls etwas von Belang sich tun sollte.« Ruhigen Schrittes durchquerte er das geschäftige Durcheinander und öffnete eine weitere Tür. Ich hielt den Atem an. Abgesehen von der Tatsache, daß es keine Fenster gab, hätte das Büro auch jederzeit außerhalb des Bunkers einem Industriemagnaten gehören können. Echte Orientteppiche bedeckten den Boden, und der Schreibtisch war alles andere als eines der billigen Standardmodelle. Schwere Vorkriegseiche, schätzte ich vorsichtig. Mit dazu passenden Sitzgelegenheiten.

Roloff deutete beiläufig auf einen dieser Stühle. »Nehmen Sie doch Platz, Herr Thomsen.« Er selbst ging zu einem Kabinett und brachte eine Flasche zum Vorschein. »Kein Calvados, aber französischer Cognac.« Ungefragt füllte er zwei Gläser und reichte mir eines.

Gehorsam setzte ich mich hin und hob das Glas. »Na, denn Prost!« Prüfend sah ich ihn an. »Also, wie ist die Lage, Herr Kapitän?«

Roloff griente freudlos. »Mit einem Wort: beschissen! Und es wird noch schlimmer werden.«

Ich verzog das Gesicht. Roloff wußte, daß er mit mir offen reden konnte. Aber wenn seine Worte nach außen drangen, würde er wohl unweigerlich vor dem Kriegsgericht enden. Die Propaganda war gespickt mit Parolen von »Schicksalskampf« und »Endsieg«. Alles andere galt als Wehrkraftzersetzung. Und die Paranoia war seit dem Attentat auf Hitler nur schlimmer geworden, neu war sie nicht. Bereits im Mai war der Kommandant von *U 154*, Oskar Kusch, hingerichtet worden. Sein I WO hatte ihn angezeigt, weil er einem Heizer befohlen hatte, das Bild des Führers in der O-Messe abzunehmen. Angeblich mit den Worten, sie würden keinen Götzendienst betreiben. Nicht daß ich Kusch persönlich gekannt hätte, aber der Fall hatte sich innerhalb der Marine unterderhand herumgesprochen, und Roloff hatte sicher auch davon gehört. Seit dem 20. Juli war alles nur noch schlimmer geworden.

Der Kapitän sah mich ruhig an. »Sie kennen die Lage, wenn auch nicht in allen Einzelheiten, Thomsen. Da gibt es nicht viel zu beschönigen.« Er blickte an mir vorbei zur Tür und senkte die Stimme. »Es geht nicht mehr darum, zu gewinnen. Nur noch darum, das Unvermeidliche hinauszuzögern. Und wenn es zum Schlimmsten kommt, die Auswirkungen so gut es geht zu mildern.«

»Was bedeutet das konkret? Ich soll hier als Zweiter ASTO einsteigen. Das ist ja hoffentlich nicht gerade eine politische Funktion.«

»Jaaaaeeeiiin!« Kapitän Roloff stand auf und deutete auf mein Glas. »Noch einen Cognac? Sie werden ihn brauchen.«

Mich fröstelte unwillkürlich. Das klang alles nicht gut. Trotzdem, oder vielleicht gerade deswegen, hielt ich ihm das Glas entgegen. »Vielleicht sollte ich besser gar nicht fragen, Herr Kapitän?«

Roloff sah mich kurz irritiert an. »Tun Sie das ruhig, Thomsen. Sonst muß ich Ihnen den ganzen Kram von mir aus erzählen.«

»Über das Angebot muß ich noch nachdenken.« Ich zwang mich zu einem Grinsen. Wir kannten uns schließlich schon seit Kriegsanfang. »Also mal los, das klingt alles gar nicht nach einem gemütlichen Druckposten.«

Er atmete tief durch. »Sie sollen als Zweiter Admiralsstabsoffizier fungieren, aber nur auf dem Papier. Nicht, daß es keine Arbeit gäbe. So ist es beileibe nicht, nur brauchen wir Sie für andere Aufgaben.« Er reichte mir das wieder gefüllte Glas. »Wenn darüber auch nur das geringste bekannt wird, sind wir allesamt geliefert. Aber die Marine muß gewappnet sein und Pläne für den Fall der Fälle haben.«

Ich wußte, wen er mit »wir« meinte. Nicht nur sich selbst und mich. Wenn die Sache schon so weit gediehen war, daß Roloff darüber mit mir sprechen konnte, dann waren die Dinge konkret. So konkret, daß bereits jemand anders dahinterstehen mußte, und das konnte nur der Löwe selbst sein. Mir war etwas unwohl zumute. Die Geschichte war mir zu nahe an der

Politik dran. Doch was war das nicht in Zeiten wie diesen?

»Und welche Aufgabe haben Sie dabei mir zugedacht?«

»Sie werden den Botenjungen spielen und ganz nebenbei mit den zuverlässigen Männern vertrauliche Gespräche führen. Alles natürlich unter dem Siegel strikter Verschwiegenheit.«

»Das versteht sich von selber, Herr Kapitän!«

»Gut.« Er nickte befriedigt. »Doch zurück zum offiziellen Teil. Was wissen Sie eigentlich über Kleinkampfmittel?«

»Kleinkampfmittel?« fragte ich etwas ratlos zurück.

Roloff holte eine Mappe aus dem Schreibtisch und schob sie mir zu. »Ihre Gutenachtlektüre, Kapitän Thomsen. Alles über Kleinkampfmittel: Mini-U-Boote, Torpedoreiter, Kampfschwimmer. Eine ziemlich verrückte Sache. Etliche der sogenannten Meereskämpfer sind überzeugte Nazis, die noch an den Endsieg glauben, andere sind wahrscheinlich einfach verrückt, und wieder andere ...« Er sah mich nachdenklich an. »Es gibt etliche Männer, die dorthin strafversetzt wurden. Quasi als Himmelfahrtskommando. Harte, fähige Leute, aber desillusioniert. Und der Kommandant dieser Einheit ... na ja, Sie werden es im Bericht lesen.«

»Welche Rolle spielt diese Einheit in dem von ihnen vorhin angedeuteten Zusammenhang, Kapitän?« Nachdenklich blätterte ich in der dicken Mappe. Einige der Skizzen sahen bereits auf den ersten Blick abenteuerlich aus.

Roloff zuckte mit den Schultern. »Vielleicht keine, aber es kann sein, daß wir sie als Trumpf im Ärmel brauchen, wenn es darum geht, Zeit zu gewinnen. Und genau diese Beurteilung sollen Sie vornehmen. Was bedeutet, daß Sie diesen Haufen besuchen werden.«

Mir sträubten sich die Haare unter der Mütze. Eine Einheit von potentiellen Selbstmördern? Das widersprach allem, was ich in meiner U-Boot-Fahrer-Laufbahn gelernt hatte. Keine Frage, wir hatten immer hohe Verluste zu verzeichnen gehabt, und mittlerweile waren sie geradezu höllisch geworden, aber immerhin *versuchten* wir noch, mit dem Leben davonzukommen.

Roloff blieb mein Unbehagen nicht verborgen. »Sie haben eine erfolgreiche Frontflottille kommandiert, Thomsen. Als Kommandant eines U-Bootes und später als Kommandeur haben Sie oft genug Entscheidungen über Leben und Tod treffen müssen. Aber ich verstehe, was Sie fühlen. Genau darum wollte ich Sie für diese Aufgabe ja auch haben. Leute, die einfach einen Kamikazeangriff befürworten, kann der Löwe überall finden.«

»Danke!« Ich konnte nicht verhindern, daß meine Stimme etwas heiser klang. Was Roloff mir da auftischte, war alles ziemlich starker Tobak. Ich blinzelte. »Gut, ich werde mir den Bericht genau durchlesen, danach kann ich eher etwas zu dem Thema sagen.«

»Kommen wir also zum nächsten Punkt«, sagte Roloff und kippte den Rest seines Cognacs herunter. »Im Führerhauptquartier befürchtet man nach wie vor eine Invasion des von uns besetzten Norwegen.

Dönitz glaubt nicht daran, aber diese Einschätzung kam bisher ganz gelegen, ermöglichte sie es doch, unsere Flotte dort in den Fjorden zu stationieren. Die Engländer waren dadurch jahrelang gezwungen, ständig Einheiten in Scapa zu halten, nur für den Fall, daß unsere Schiffe etwas unternahmen.« Er seufzte. »Aber in der Zwischenzeit sieht es anders aus. Die *Scharnhorst* im Eismeer versenkt, die *Gneisenau* liegt schrottreif in Gotenhafen, und auch die *Admiral Hipper* ist nicht mehr einsatzfähig. Eigentlich stehen nur noch die *Lützow* und die *Prinz Eugen* zur Verfügung. Den strategischen Faktor der *Fleet in being* gibt es nicht mehr.«

»Was ist mit der *Tirpitz*?«

Er zuckte mit den Schultern. »Das Schlachtschiff liegt im Trondheimfjord und wird beinahe täglich von den Tommies aus der Luft angegriffen. Sie ist zwar wieder fahrbereit, aber die Aufbauten sind beschädigt und laut dem letzten Bericht auch Teile der Artillerieleitung. Der Führer will sie als schwimmende Batterie in Norwegen halten, während Dönitz sie nach Kiel holen will.« Roloff sah mich ernst an. »Der Löwe rechnet schon lange nicht mehr mit einer Invasion Norwegens. Wozu auch? Aber die *Tirpitz* könnte, wenn sie einsatzbereit wäre, den Nachschub der Russen nach Murmansk stören und dadurch Zeit schinden.«

Eine Glocke begann in meinem Kopf zu läuten. »Das hat schon einmal nicht geklappt.«

»Sie meinen die Operation ›Rösselsprung‹?« Roloff griente. »Das war ein erfolgreicher Fehlschlag. Die Dickschiffe kamen nicht einmal in Sichtweite des

Feindes, aber ihre bloße Anwesenheit führte dazu, daß die Tommies das Geleit damals auflösten. Unsere U-Boote haben sich rund hundertvierzigtausend Tonnen unter Deck geschoben.«

»Ja, aber das war vor zwei Jahren«, erklärte ich bedächtig. »Der Krieg war damals noch anders.«

»Richtig!« Der Kapitän nickte energisch. »Was wir heute brauchen, ist eine Überraschung. Etwas, das uns hilft, Zeit zu gewinnen.« Er runzelte die Stirn. »Im Grunde bringt uns das zum dritten Problem. Die Ostfront. Genauer gesagt, Ostpreußen. Die Russen machen Druck. Unsere Heeresgruppen müssen zurück. Aber so wie es aussieht, scheint man ganz Ostpreußen zur belagerten Festung erklären zu wollen.«

Mir stockte der Atem. »Was?«

»Sie haben richtig gehört. Es gibt keine Evakuierungsbefehle, nicht einmal für die Truppen.«

Ich starrte Roloff an. »Die U-Boot-Lehrdivision in Gotenhafen?«

»Sie erinnern sich an den Heldenklau in Brest?«*

Und ob ich mich an den erinnerte. Als sich der Belagerungsring um Brest schloß, hatte der Kommandeur des Heeres versucht, Männer aller Truppengattungen für sich zu rekrutieren. Mir war es immerhin noch gelungen, meine Männer nach Norwegen zu verlegen, was aber nichts daran änderte, daß er tatsächlich Schreibstubengefreite, Köche und was ihm sonst so in die Hand gefallen war, im Kampf verheizte. Die Verteidiger mußten standhalten, obwohl die Stadt ei-

---

* Siehe Erik Maasch: *Letzte Chance: U 112.*

gentlich bereits strategisch bedeutungslos war. Für die U-Boot-Waffe sowieso.

Meine Gedanken kehrten vom Heldenklau zurück in die Gegenwart. »Also will man die auch im Endkampf verheizen?«

»Das Heer mag dazu andere Ansichten haben. Auf jeden Fall dringt der Löwe auf einen Evakuierungsplan. Begründet wird das Ganze damit, daß die U-Boote zur Weiterführung des Krieges gebraucht werden.«

»Also will er einen Evakuierungsplan für die U-Boot-Lehrdivision?«

Roloff sah mich ruhig an. Zu ruhig. Endlich nickte er. »Ja, soweit die offizielle Version. Inoffiziell hingegen …«

* * *

Ich war erst spät zu Bett gegangen. Roloff hatte mich mit Unterlagen geradezu zugeschüttet. Als ich erwachte, war mir, als sei ich gerade erst eingeschlafen. Sirenen heulten plötzlich auf, und Stimmen drangen aus den allgegenwärtigen Lautsprechern. Verwirrt öffnete ich die Augen. Was, zum Teufel, war los? Draußen auf dem Gang vor meiner Tür rannten Männer.

Ich schwang die Beine aus dem Bett und griff nach meinen Hosen. Bei dem Aufruhr konnte es sich eigentlich nur um Fliegeralarm handeln. Mehr wütend als bestürzt sprang ich in meine Klamotten und trat hinaus auf den Flur. Mein Quartier befand sich immerhin zwei Stockwerke unter der Erde, ganz in der Nähe des Lageraumes und verschiedener Arbeitszimmer. Das war besser als die meisten Luftschutzkeller. Also wozu die Aufregung?

Immer noch erbost über die Unterbrechung meiner Nachtruhe hielt ich einen Matrosen am Arm fest. »Was zur Hölle ist hier los?«

Er warf nur einen kurzen Blick auf meine Rangabzeichen. »Fliegeralarm, Herr Kapitän. Alle Mann müssen runter auf die unteren Sohlen.«

»Wir sind zwei Stockwerke unter …« Weiter kam ich nicht. Explosionen dröhnten. Aber nicht laut und hallend wie bei Sprengbomben, eher dumpf und anhaltend, ähnlich wie bei Wasserbomben. Unter meinen Füßen erzitterte der Boden. Verdutzt blickte ich den Matrosen an. »Was war das denn?«

Es rumpelte erneut, und Staubteilchen rieselten von der Decke. Der Mann blinzelte kurz. »Wir sollten runter, Herr Kapitän.« Er wollte sich aus meinem Griff befreien. Erst als er begriff, daß ich ohne Antwort nirgendwohin gehen würde, zuckte er kurz mit den Schultern. »Die Tommies probieren offenbar neue Bomben aus. Die Dinger sind stärker als alles bisher Dagewesene. Aber bisher haben wir keinen Blindgänger gefunden, den unsere Leute hätten näher untersuchen können.«

»Bunkerknacker?«

Er sah mich beinahe flehend an. »So in etwa, Herr Kapitän. Bitte, können wir …«

»In Ordnung, zeigen Sie mir den Weg.«

Das ließ er sich nicht zweimal sagen. Als wir endlich die unterste Sohle des Bunkersystems erreicht hatten, war ich ziemlich außer Atem, so war er gerannt. Wir quetschten uns in eine freie Ecke. Immer noch schnaufend sah ich ihn an. »Passiert das dauernd?«

Die Leute in der Nähe, hauptsächlich Soldaten und einige Marinehelferinnen, sahen mich neugierig an. Der Matrose nickte. »Beinahe jede Nacht. Wenn die Tommies Berlin beharken, dann fliegen meist auch ein paar zu uns hier, wobei sie seit einiger Zeit auch die schweren Koffer schmeißen. Einen Bunker weiter draußen haben sie bereits geknackt. Direkter Treffer. Was immer für ein Ding es auch war, es hat die sieben Meter dicke Betondecke durchschlagen und drinnen alles pulverisiert, Herr Kapitän.«

Wieder donnerte es irgendwo. Was wir mitbekamen, waren gar nicht die Explosionen selbst, sondern nur die Druckwellen. Und das lange Grollen. Das waren jedenfalls keine normalen Bomben, soviel stand fest. Hier unten erschien mir das Zittern des Bodens und der Wände beinahe schlimmer zu sein als weiter oben. Was zum Henker warfen die Tommies da eigentlich genau ab?

Immer wieder regnete es Staub und kleine Betonbröckelchen von der Decke auf uns herunter. Die Luft begann säuerlich zu schmecken; Schweiß, Körperausdünstungen und vor allem Wärme erfüllten den Raum. Erinnerungen an diverse Wasserbombenverfolgungen, die ich erlebt hatte, stiegen in mir hoch. Wie oft hatte ich das erlebt? Wie oft hatten wir tief unter Wasser gesessen in unserer engen stinkigen Röhre und darauf gewartet, daß uns die Wabos um die Ohren flogen? Im Vergleich dazu war das hier gar nichts, überhaupt nichts! Aber trotzdem spürte ich die Furcht, weil die Situation eine andere war. Hier vermochte ich keine

Ruderkommandos zu geben, konnte nicht versuchen, dem Gegner über uns doch noch ein Schnippchen zu schlagen. Es gab gar nichts, was ich hätte tun können – außer warten. Und damit verband sich das Gefühl der völligen Hilflosigkeit, des Ausgesetztseins. Immer wieder erbebten die Wände. Mir gegenüber war ein Riß im Beton, und ständig starrte ich darauf, wartete, daß er größer wurde, wartete, daß die Decke einbrechen würde. So mußte es auch meinen Männern an Bord ergangen sein. Einfach nur ausharren, bis alles vorbei war. So oder so.

Die anderen im Bunker schwiegen. Einige schauten einfach nur stur zu Boden, manche an die Decke. Jemand hatte sich sogar ein Buch mitgebracht, aber es lag nur aufgeschlagen und unbeachtet im allgegenwärtigen Staub.

Irgendwann verhallten die letzten Explosionen. Wir sahen uns unschlüssig an. Minuten verstrichen, und kein neues Grollen zeigte an, daß die Tommies noch über uns kreisten. Endlich ertönten wieder die Sirenen und gaben Entwarnung. Ich sah auf die Uhr. Es war fast sechs am Morgen. Der Angriff hatte zwei Stunden gedauert. Oben mußte es bereits hell sein. Eigentlich hatte ich gedacht, die Tommies würden nur Nachtangriffe fliegen, die Amis die Tagangriffe. Aber anscheinend gab es auch eine Schicht für die frühen Morgenstunden.

Ein Gefreiter öffnete die Stahltüren, und zögernd verließen die ersten den Luftschutzraum. Über uns lagen mehrere Ebenen, bis man die Oberfläche erreichte. Es schauderte mich bei dem Gedanken, wie es oben wohl aussehen mochte.

Am Ende erwiesen sich die Schäden als gering. Ich selbst bekam das alles nur am Rande mit, denn gegen acht am Morgen kehrte Großadmiral Dönitz zurück ins Hauptquartier, und eine seiner ersten Handlungen war, seinen neuen 2. ASTO in Augenschein zu nehmen. Der Empfang war kurz und schmerzlos. Eigentlich musterte mich der Admiral nur schnell, begrüßte mich in seinem Stab und vergewisserte sich bei Kapitän Roloff, daß ich wußte, worum es ging. So ganz genau tat ich das zwar immer noch nicht, aber trotzdem schienen Dönitz und Roloff zufrieden zu sein. Etwas später fand ich mich in einem Arbeitszimmer nicht weit von dem Roloffs entfernt wieder und versuchte, mir ein Bild von den mir zugeteilten Leuten zu machen. Keiner wußte anscheinend, was zu tun war, aber ein jeder machte einen geschäftigen Eindruck. Nicht zum ersten Male wünschte ich mich zurück nach Norwegen zu meiner Flottille. Aber die kommandierte nun jemand anders. Ich mußte zusehen, wie ich klarkam.

Nachdenklich blätterte ich durch die Unterlagen. Groß war meine Personalausstattung nun wirklich nicht. Wenn man so wollte, dann war das mit Abstand mein kleinstes Kommando, seit ich Anfang des Krieges *U 115* übernommen hatte. Unteroffizier Andreas Wolf war mir als Fahrer zugeteilt worden. Signalmeister Siegfried Hubesch sollte sich um alles kümmern, was mit Funksprüchen und so zu tun hatte. Dritte im Bunde war die junge Marinehelferin Marianne Helfert. Ihr war offenbar die Aufgabe zugedacht worden, mein Vorzimmer zu hüten. Fragte sich allerdings nur, vor wem? Insgesamt waren wir nur ein kleines Grüppchen im Vergleich zu den beinahe fünfzig Mann, über die Roloff als 1. ASTO verfügte, um den Stabsbetrieb aufrechtzuerhalten. Folglich würde mich hier niemand groß vermissen, falls ich viel unterwegs sein sollte.

Zumindest in Umrissen war mir klar, was Roloff vorschwebte. Nur das »Wie« würde schwierig werden. Norwegen, Ostsee – und über beide Gebiete verstreut die Einheiten der Marine. Was aus den mir zur Verfügung gestellten Unterlagen jedoch nicht hervorging, waren Annahmen und Einschätzungen über das weitere Vorgehen der Gegenseite. Ich stand auf und betrachtete die große Wandkarte. Alles, was Roloff gesagt hatte, ergab einen Sinn, aber ein Steinchen fehlte noch im Puzzle.

Ich streckte den Kopf aus der Tür. Marianne Helfert hatte offensichtlich nichts zu tun, denn sie beschäftigte sich intensiv mit dem Schnittmusterbogen eines Modeheftes. Ich griente. »Können Sie feststellen, wann Kapitän Roloff Zeit für eine Unterredung hat?«

Sie blickte auf. »Wird sofort erledigt, Herr Kapitän.«

»Und dann schaffen Sie mir mal den Hubesch ran!«

»Ist in fünf Minuten da!«

»Sehr gut!« Ich zögerte kurz. Frauen in der Marine waren nichts völlig Neues für mich. Unter meinem Kommando allerdings ... Da fühlte ich mich doch etwas befangen. Schließlich konnte ich das junge Ding, sie mochte gerade einmal zwanzig sein, kaum nach normalen militärischen Maßstäben behandeln. Aber irgendwie mußten wir uns ja alle kennenlernen. »Gut, wir unterhalten uns später, Fräulein Helfert.«

Sie blickte aus großen blauen Augen zu mir auf. »Sagen Sie, wann, Herr Kapitän.«

Hubesch war ein Hüne, von der Gestalt her dem Schauspieler Curd Jürgens nicht unähnlich, der später einmal von Brigitte Bardot als »Normannischer Kleiderschrank« tituliert werden sollte und als solcher in die Filmgeschichte einging. An seiner Uniform glänzten ein U-Boot-Kampfabzeichen und ein EK1. Das war immerhin schon mal was. Ein U-Boot-Mann, auch wenn es ihn irgendwie in den Stab verschlagen hatte.

Auffordernd deutete ich auf einen Stuhl. »Setzen Sie sich, Signalmeister.« Ich wartete, bis er Platz genommen hatte. »Im Augenblick liegt nichts Wesentliches an, aber ich würde mich einfach gern mal mit Ihnen unterhalten. Sie sind auf U-Booten gefahren?«

»Zuerst unter Fritz-Julius Lemp auf *U 110*. Dann mußte ich aber aussteigen wegen eines Bandscheibenvorfalls.« Er zuckte mit den Schultern. »Später habe ich noch zwei Feindfahrten unter Heinrich Bleichrodt gemacht. *U 109*. Meine Rückenprobleme verschlimmerten sich jedoch, und ich wurde als nicht mehr U-Boot-tauglich eingestuft. Seither bin ich beim Stab.« Er sah mir in die Augen. »Sie wissen, wie das ist. Einmal U-Boot-Fahrer, immer U-Boot-Fahrer, Herr Kapitän.«

Ich konnte nicht anders, ich mußte grinsen. Hatte ich nicht selbst ein U-Boot dem bequemeren Zug vorgezogen, als es galt, Brest zu verlassen? Aber mit dem

Gedanken daran kamen auch andere Erinnerungen wieder hoch. *U 115*, das im Hafenbecken versunken war. Die leere Pier, auf der Augenblicke zuvor noch Kaleu Störmer und seine junge Frau gestanden hatten. Ich schluckte hart. »Ich weiß, was Sie meinen, Signalmeister.«

Er verzog das Gesicht. »Wir bekommen hier so manches mit, Herr Kapitän.«

»Das kann ich mir denken.« Eine kleine Stimme in meinem Inneren warnte mich. Natürlich wußte Hubesch über mich mindestens genauso gut Bescheid wie ich über seine ehemaligen Kommandanten. Lemp war tot. Sein Boot war bereits 1941 gekapert worden, und über seinen Tod kursierten verschiedene Versionen. Es gab welche, die besagten, er sei vor Erschöpfung ertrunken, als er zu seinem Boot zurückschwimmen wollte, das wider Erwarten nicht sank; andere lauteten dahingehend, daß er vom gegnerischen Enterkommando erschossen worden war, um zu verhindern, daß er die Geheimunterlagen an Bord vernichtete. Zuzutrauen wäre es den Tommies. Aber es war der andere Name, der meine Aufmerksamkeit geweckt hatte. »Unter ›Ajax‹ Bleichrodt sind Sie also auch gefahren?« rekapitulierte ich.

»Nur kurz.« Hubesch zuckte mit den Schultern. »Ein verdammt guter Kommandant, wenn Sie mir die Bemerkung gestatten.«

»Ja, ohne Zweifel. Wenn ich richtig informiert bin, ist er jetzt Taktiklehrer in der Zweiten ULD in Gotenhafen.«

Hubesch konnte sich ein Grinsen nicht verkneifen. »Er war dort, aber er hat während Ihres Urlaubs die

Zweiundzwanzigste Flottille übernommen, Herr Kapitän. Die Zwoundzwanzigste ist der Zweiten ULD zugeordnet. Und Kapitän Neitzel, der Kommandeur der Zweiten U-Boot-Lehrdivision, ist ein alter Freund von Ajax.«

»Oh ...« Ich dachte nach. Neitzel war mir ein Begriff. Er hatte *U 510* in der Karibik kommandiert. Und Heinrich »Ajax« Bleichrodt natürlich ebenso. Aber auch wenn die U-Boot-Waffe so etwas wie eine große Familie war, inklusive einiger ungeliebter Kinder, so gut wie Hubesch war ich nicht auf dem laufenden. Langsam dämmerte mir, warum er mir zugeteilt worden war. »Und bis dato waren Sie bei Kapitän Roloff?«

»Bis vorige Woche, Herr Kapitän.« Sein vierkantiges Gesicht zeigte keine Regung. Aber er hatte erkannt, daß ich begriffen hatte.

»Ich nehme an, Unteroffizier Wolf ist auch ein alter U-Boot-Fahrer?«

»*U 114* unter Ihrem alten Freund Kuddel Wildenow.« Hubesch blickte regelrecht amüsiert drein. »Mußte aussteigen, weil er sich einen Pilz eingefangen hatte.«

Das kam häufiger vor, als allgemein angenommen wurde. Außerdem waren dies ziemlich langwierige Geschichten, bis die Betreffenden davon wieder kuriert waren. Aber so lange? Ich erinnerte mich schemenhaft an diesen Vorfall, der eingetreten war, kurz nachdem ich die Flottille übernommen hatte. »Wolf, richtig, da Sie das jetzt sagen. Aber das ist doch mindestens schon zwei Jahre her?«

»So ungefähr. Aber Wolf ist ein besonderes Sprachtalent. Aufgewachsen in Ostpreußen, beherrscht er Deutsch und Polnisch perfekt. In der Zwischenzeit sind auch noch Russisch und Englisch dazugekommen. Mittlerweile eignet er sich gerade Französisch an. Also wollte ihn der Stab nicht gehen lassen. Er war eine Weile beim B-Dienst, bevor er hierherkam. Hat zudem ein EK zwo.«

»Und bis vorige Woche war er Kapitän Roloff zugeordnet?«

»Nein, er war bei Kapitän Hartenberger, der wiederum der Verbindungsmann zur Organisation Canaris ist. Oder wenn man so will, seit Februar für Schellenberg.«

Ich lauschte den Worten nach. Admiral Canaris, dem ich ja viel zu verdanken hatte, war im Februar seines Amtes als Chef der militärischen Abwehr enthoben worden; die Abwehr hatte man SS-Brigadeführer Walter Schellenberg im RSHA unterstellt. Canaris selbst hatte dann eine Zeitlang eine untergeordnete Funktion im Oberkommando ausgefüllt, war aber nach dem Attentat auf den Führer festgenommen worden. Canaris so zu erwähnen war gefährlich. Es bedeutete auch, daß Hubesch noch viel mehr über mich wissen mußte, als ich bisher angenommen hatte. Aber natürlich würde er mir keine Antwort geben, wenn ich ihn direkt fragte.

Ich machte mir eine kurze Notiz. Dann sah ich wieder auf. »Ich glaube, ich brauche eine Art Organisationsschema. Wer hier was macht, und mit wem wir zu tun haben werden. Dieser Stab hier ist etwas größer als das, was ich gewöhnt bin.«

»Ich kümmere mich darum.« Hubesch zögerte

kurz, bevor er sich räusperte. »Nach einem Namen haben Sie bisher überhaupt nicht gefragt, Herr Kapitän.«

»Ich weiß.« Ruhig sah ich ihn an. »Aber sie kann schlecht eine U-Boot-Fahrerin gewesen sein. So etwas hatten wir, glaube ich, noch nicht.«

Hubesch gluckste höchst amüsiert. »Nein, auf diese grandiose Idee ist bisher noch niemand verfallen.« Er holte tief Luft. »Trotzdem, sie ist absolut zuverlässig.«

Ich sah auf meine Ordner. »Sie ist zu jung, um irgendwo tätig geworden zu sein, nicht wahr?«

»Täuschen Sie sich nicht. Sie war immerhin bei Canaris.« Er zuckte mit den Schultern. »Womit sie genau befaßt war, kann ich Ihnen nicht sagen, aber sie kennt einen Haufen Leute.«

Ich lehnte mich in meinem Sessel zurück. Irgendwie verspürte ich das dringende Bedürfnis nach einem Schnaps. Offenbar hatte ich hier ein paar Gestalten zugeteilt bekommen, die Gott und die Welt kannten, mit der Stabswelt, der Abwehr und sonst noch wem vertraut waren. Aber wie paßte ich selbst ins Bild? Anscheinend hatte Roloff nur noch ein Marineoffizier gefehlt, um dieses seltsame Sammelsurium zu komplettieren. Da ich aber den Kapitän schon sehr lange kannte, konnte ich mir ausrechnen, daß er nicht der Spiritus rector war. Dahinter stand ein anderer Kopf. Unwillkürlich dachte ich an Dönitz. Aber der Löwe war immer nur Soldat und nie Politiker gewesen, und falls er sich jetzt noch umorientieren wollte, hätte er sich keinen schlechteren Zeitpunkt dafür aussuchen können.

Hubesch betrachtete mich unverwandt. »Wenn Sie erlauben, kümmere ich mich um die notwendigen Informationen. Das sollte nicht sehr lange dauern, Herr Kapitän.«

»Danke, Signalmeister.« Ich zögerte. »Und danke auch für die offenen Auskünfte.«

Er schmunzelte und rappelte sich aus dem Sessel auf. »Welche Auskünfte denn, Herr Kapitän?«

»Sagen wir, es gibt mir einen Eindruck, mit wem ich zusammenarbeite.« Ich erwiderte sein Grinsen. Natürlich, in Wirklichkeit hatte er nichts gesagt, womit man ihn oder Wolf oder auch Fräulein Helfert hätte hinhängen können. Aus den Worten allein hätte nicht einmal der mißtrauischste SS-Offizier einen Strick drehen können.

Es klopfte an der Tür, und Fräulein Helfert steckte den Kopf herein. »Kapitän Roloff hätte jetzt eine halbe Stunde Zeit, Herr Kapitän. Ich habe ihm gesagt, Sie kämen gleich.«

»Bin schon auf dem Weg!« Schnell erhob ich mich. Es wurde Zeit, etwas Licht in die Sache zu bringen. Und dann mußte ich für mich selbst herausfinden, wo ich eigentlich stand.

* * *

Die Frage entpuppte sich jedoch letztlich als müßig. Ich hatte eine Aufgabe zu erledigen und die dazugehörigen Anweisungen erhalten. Das mußte reichen. Und daß die Befehle meiner Vorgesetzten zum Teil in klarem Widerspruch zu dem standen, was Hitler und die Propaganda tönten, war sicherlich auch nichts, worüber ich lange nachgrübeln wollte. Der Ärger würde früh genug kommen.

Die strategischen Einschätzungen im Hauptquartier der Marine unterschieden sich ohnehin grundlegend von denen des Heeres, denen der SS und natürlich denen der Führungsspitze. Alles miteinander war von verwirrender Unübersichtlichkeit.

Für die Marine schien klar zu sein, daß unser größtes Problem im Osten angesiedelt war. Im Westen schickten wir immer noch U-Boote in den Atlantik, die nun, nach dem Fall oder der Ausschaltung unserer französischen Stützpunkte, aus Kiel und Drontheim ausliefen. Die Verluste waren so schrecklich, daß BBC meldete, die Lebenserwartung deutscher U-Boot-Fahrer im Einsatz würde nur noch zwei Wochen betragen. Ganz so schlimm war es zwar noch keineswegs, aber viel fehlte dazu auch nicht mehr. Trotzdem hetzte der Löwe seine Wölfe weiter los, weil er gar keine andere Wahl hatte. Alles, was die Alliierten bremste, war jetzt Gold wert.

Seit Canaris nicht mehr im Amt und die Abwehr Schellenberg unterstellt war, flossen die Informationen aus dieser Quelle nur noch spärlich. Aber es gab immerhin noch welche. Bei manchen fragte ich lieber gar nicht erst, von wem sie stammten und woher meine »Schreibkraft«, Fräulein Helfert, sie haben mochte. Sie kannte wirklich Gott und die Welt und darunter sogar offenbar auch Leute, die Zugriff auf Berichte von Agenten hatten. Allerdings hatte ich schnell kapiert, daß es Dinge gab, denen man besser nicht auf den Grund ging.

Wie es hieß, stellten die Russen angeblich allein

einhundertundneunzehn Divisionen für den Sturm an der Ostfront bereit. Ostpreußen lag am Rande des Geschehens, aber das bedeutete nur, es würde von der Heimat abgeschnitten werden und mit ihm alle Soldaten und die gesamte deutsche Zivilbevölkerung. Nahm man nun den von der sowjetischen Propaganda geschürten Haß hinzu, dazu Stalins Versprechen an seine Soldaten, ihnen alles zu geben, auch die deutschen Frauen, wenn sie nur Berlin eroberten, dann konnte man sich leicht ausrechnen, was geschehen würde.

Die mir zugedachte Rolle bestand im Moment darin, sehr diskrete Sondierungsgespräche mit den zuständigen Kommandeuren zu führen, wobei allergrößte Vorsicht geboten war. Denn während wir dabei waren, einen Evakuierungsplan vorzubereiten, der so weitgreifend angelegt war, wie dies von der Seeseite her überhaupt nur ging, hatte Erich Koch, der Gauleiter von Ostpreußen, im Rundfunk eine Evakuierung abgelehnt und Flucht unter Todesstrafe gestellt. Zwei Tage später erklärte Hitler in einer Radioansprache, es werde keine Flucht geben, eine jede Handbreit deutschen Bodens sollte bis zum letzten Mann verteidigt werden. Gestapo und SS gingen immer mehr dazu über, Offiziere der Wehrmacht wegen aller möglichen angeblichen Verbrechen festzunehmen und von sogenannten Volksgerichtshöfen aburteilen zu lassen. Wenn von unserer Sache vorzeitig etwas durchsickerte, würden wir enden wie Canaris, Olbricht, Tresckow oder Stauffenberg. Unterschiede wurden nicht mehr gemacht.

Ich wandte meine Gedanken von der trüben Situation ab und konzentrierte mich wieder auf das Nächstliegende. Konteradmiral Engelhardt saß hinter seinem Schreibtisch und sah mich prüfend an. Noch immer drehte er den versiegelten Umschlag in den Händen und konnte sich offensichtlich nicht entschließen, ihn zu öffnen. »Weiß eigentlich jemand im Hauptquartier, was man hier von mir verlangt?«

Ich spürte, wie mir der Kragen etwas eng wurde. Wenn er den Umschlag öffnete und nicht mitzog, dann konnte er mich genausogut gleich von der Gestapo verhaften lassen. Schließlich wußte ich über dessen Inhalt Bescheid. Aber Konteradmiral Engelhardt saß nun einmal in einer Schlüsselposition. Als Seetransportchef für die Wehrmacht unterstanden ihm alle zivilen Schiffe, und sollte es zum Schlimmsten kommen, würden wir genau auf die angewiesen sein.

Ich blickte ihm in die Augen. »Herr Admiral, ich kann Ihnen versichern, daß sich alle des Risikos bewußt sind. Betrachten Sie es vorerst als ein Planspiel.«

»Verdammt, Herr Kapitän, werden Sie nicht frech!« Er atmete tief durch. »Sie verstehen nicht. Natürlich ist das Ganze ein Planspiel, das vielleicht niemals zur Ausführung kommt. Dagegen ist ja nichts einzuwenden.« Entschlossen schob er den Umschlag unter einen Stapel Unterlagen. »Das Problem ist, daß dieses Planspiel nicht aufgehen kann. Das Heer beansprucht den größten Teil der vorhandenen Brennstoffreserven. Ich habe Schiffe, aber solange es denen an Öl und Kohle mangelt, können sie sich nicht bewegen. So einfach ist das!«

Es kostete mich Mühe, ein erleichtertes Aufatmen

zu unterdrücken. Wenn das seine ganze Sorge war, dann konnte ihm geholfen werden. »Die Situation ist bekannt, Herr Admiral. Aber wie sähe es aus, wenn wir gewisse Kontingente für uns reklamieren würden? Sagen wir, für Truppen- und Waffentransporte?«

Engelhardt dachte nach. Er war erst vor ein paar Monaten zum Konteradmiral befördert worden. Wo er politisch stand, wußte niemand so ganz genau, aber in diesen Tagen zeigte auch niemand offen Flagge. Insofern standen die Chancen gut, daß er nicht gerade schreiend zur Gestapo rennen würde. Andererseits, wenn er jetzt nickte, dann hing er mit drin.

Er nickte. Langsam und bedächtig. »Gesetzt den Fall, ich würde einen derartigen Plan ausarbeiten lassen, an wen müßte ich dann den Bedarf melden?«

Also machte er mit. Kein Wunder, schließlich pfiffen die Spatzen von den Dächern, wie es um uns stand. Ich blinzelte kurz. Der nächste Teil würde ihm nicht schmecken. Keine Namen, keine direkten Kontakte, so lauteten meine Befehle. »Ich kann Sie nur um Verständnis bitten, Herr Admiral, daß es mir im Augenblick noch verwehrt ist, Ihnen weitere Ansprechpartner zu benennen. Dafür werde ich Sie aber in regelmäßigen Abständen erneut aufsuchen. Sagen Sie mir, was Sie brauchen, und ich werde es entsprechend weiterleiten.«

Der Konteradmiral starrte mich ernst an. Minutenlang maßen wir uns mit den Augen, dann nickte er. »Sie sind einer von Dönitz' Leuten.« Er deutete auf mein U-Boot-Kampfabzeichen. »Ex-Kommandant nehme ich an?«

»Ja, auf diversen Booten. *U 115*, *U 112*. Atlantik,

Karibik, Mittelmeer.« Ich griente freudlos. »Ich habe das alles vom ersten Tag an mitgemacht.«

Engelhardt lehnte sich zurück. »Dann tun Sie uns allen einen Gefallen, Herr Kapitän, und unterschätzen Sie das Risiko nicht.« Er erhob sich und streckte mir die Hand entgegen. »Also gut, ich tue, was ich kann. Aber jemand sollte für Brennstoff sorgen, denn sonst geht gar nichts. Wann kommen Sie wieder?«

»So etwa in zwei Wochen, Herr Admiral.« Ich nahm die ausgestreckte Hand. Wieder einer im Boot!

* * *

Auf der Alten Rabenstraße, in einem der wenigen nicht zerbombten Teile Hamburgs, erwarteten mich Wolf und Hubesch. Der Signalmeister sah demonstrativ auf seine Uhr. »Die Begegnung hat ziemlich lange gedauert, Herr Kapitän!«

»Er hat sich etwas geziert.« Noch immer war es für mich ein ungewohntes Gefühl, so offen mit einem Untergebenen zu sprechen, vor allem über einen Offizier höheren Ranges. Doch im Falle, daß etwas schiefgehen sollte, hatten Hubesch und Wolf gute Chancen, zunächst der Aufmerksamkeit zu entgehen. Von daher konnte es nicht schaden, wenn sie Bescheid darüber wußten, wie weit die Pläne gediehen waren, damit sie, wenn alle Stricke rissen, einspringen und weitermachen konnten. »Aber er ist dabei«, sagte ich zu Hubesch, »vorausgesetzt, er kriegt Sprit für seine Schiffe.«

Der Signalmeister zauberte aus dem Nichts ein Notizbuch hervor und nahm einen Eintrag in seiner absolut unleserlichen Kurzschrift vor. Er überflog das Gekritzel nochmals kurz und nickte dann. »Das ist eine Sache für ganz oben. Auf die Spritvorräte hält das Oberkommando den dicken Daumen drauf.«

»Hoffen wir, daß jemand dazu was einfällt.«

Wolf, unser Fahrer, sah uns fragend an. »Wohin jetzt?«

»Wir haben die notwendigen Vollmachten, uns einen Flug zu ergattern, oder wir können auf dem Boden bleiben.« Ich sah den Kübel, der uns als fahrbarer Untersatz diente, nachdenklich an. Der Luftweg war der schnellere, aber in Anbetracht der amerikanischen Jagdbomber, die beinahe jeden Tag am Himmel unterwegs waren, auch der riskantere. »Schaffen wir es denn, bis morgen mittag in Swinemünde zu sein?«

»An mir soll's nicht liegen, Herr Kapitän.«

»Alles klar!« Ich sah mich in der Alten Rabenstraße um. Es würde nicht mehr lange dauern, bis der Krieg auch hier seine Spuren hinterließ und dem friedlichen Anblick ein Ende machte. »Wir halten nur noch kurz beim Hafenkommando, denn ich muß ein paar Anrufe erledigen!«

Wenig später waren wir unterwegs. Immer wieder mußte Wolf vom Gas gehen, wenn uns lange Marschkolonnen begegneten. Sogar eine Panzertruppe passierten wir, ein beeindruckendes Schauspiel. Ich hatte eigentlich schon gar nicht mehr vermutet, daß wir noch so viele von den Dingern hatten. Aber der Eindruck wurde sofort wieder verwischt, wenn man die Gesichter der Soldaten sah. Viele wirkten vor der Zeit gealtert oder waren einfach schon recht betagt gewesen, als sie zur Wehrmacht eingezogen worden waren.

Müde, unrasierte Gesichter mit glasigen Augen. Und die anderen? Die brauchten sich noch nicht einmal zu rasieren! Es war genauso wie bei der U-Boot-Waffe. Die Besatzungen erinnerten immer mehr an einen Kindergarten. Eine Acht-Acht-Flakbatterie, an der wir vorbeikamen, wurde vollständig von jungen Flakhelfern bedient, von denen garantiert keiner über sechzehn war. Das Tausendjährige Reich pfiff überall bereits aus dem letzten Loch.

Ein plötzliches Heulen ließ mich auf der Rückbank herumfahren, aber da steuerte Wolf bereits den Straßengraben an. Der Wagen kippte zur Seite, und hinter uns ratterten Maschinenkanonen. In langen parallelen Linien spritzten kleine Dreckfontänen in die Höhe, aber da waren Hubesch und ich auch schon aus dem Kübel gerollt. Dann raste ein dunkler Schatten über uns hinweg und verschwand so schnell, wie er gekommen war.

»Das war knapp!« Maat Wolf spähte zum Himmel empor. »Ich hab den Vogel gerade noch rechtzeitig gehört.«

Hubesch betrachtete unser Gefährt, das schräg in der Landschaft hing. »Mit vereinten Kräften kriegen wir den Kübel wieder flott.«

»Falls er sonst nichts Ernsthaftes abgekriegt hat«, meinte ich verdrießlich. »Verdammt, die Brüder fliegen hier herum, als gäbe es unsere Luftwaffe schon gar nicht mehr.«

Hubesch und Wolf warfen einander einen Blick zu, bevor der Signalmeister mich ernst ansah. »In der Lüneburger Heide sind die Pioniere bereits dazu übergegangen, nagelneue Panzer wegen Treibstoffmangels zu sprengen. Und was die Flieger angeht, Herr Kapitän, so ist nur Sprit für die Bomber da, die nach England fliegen, aber die Jäger bleiben meistens unten.«

»Steht es bereits so schlimm?«

»Das kann man wohl laut sagen, Herr Kapitän!«

Ich dachte nach. In den letzten beiden Jahren in Frankreich war ich zwar, was den U-Boot-Krieg im Atlantik anging, stets auf dem laufenden gehalten worden, aber nun stellte ich fest, daß ich eigentlich gar keine richtige Ahnung mehr hatte, was in der Heimat Sache war. Alles, was mir einfiel, war: »Bloß gut, daß wir den Landweg gewählt haben. In einem Flieger hätten uns die Amis wahrscheinlich fertiggemacht.« Mich schauderte noch immer bei dem bloßen Gedanken. Zweimal bereits war ich dem Tod von der Schippe gesprungen. Am Anfang des Krieges, als uns eine U-Boot-Falle erwischt hatte,* und erst vor ein paar Monaten, als *U 115* für immer auf Tiefe gegangen war. Mein Bedarf war gedeckt.

Nach ein paar Minuten schoben wir den Kübel wieder aus dem Graben. Ein paar Löcher im Blech, aber ansonsten lief der Wagen einwandfrei. Es hätte schlimmer kommen können.

Hubesch und Wolf wechselten sich am Steuer ab. Ich hatte weiter nichts zu tun, als mich entweder in meine Unterlagen zu vertiefen oder die Landschaft zu betrachten, bis es auch dazu zu dunkel wurde. Der einzige Luxus, den wir uns leisteten, waren kurze Halts, um etwas zu essen. Kurz vor dem Mittag

---

* Siehe Erik Maasch: *Die U-Boot-Falle*.

des nächsten Tages erreichten wir Swinemünde und damit das Hauptquartier Ostsee der Reichsmarine. Aber alles, was dort zur Verfügung stand, waren zwei Flottillen alter T-Boote und die 22. Flottille, die als Übungsflottille der 2. U-Boot-Lehrdivision in Gotenhafen zugeordnet war. Nur, bevor ich mich mit den U-Booten befassen konnte, galt es zunächst einmal, zwei weitere Admiräle zu kontaktieren, und ich war sicher, sie würden davon auch nicht gerade begeisterter sein, als es Konteradmiral Engelhardt in Hamburg gewesen war. Dabei war alles, was ich mir nach der Nacht auf der unbequemen Rückbank wünschte, einfach nur etwas Schlaf in einem Bett oder wenigstens in einer Koje.

* * *

Meine Gespräche in Swinemünde gestalteten sich erheblich einfacher, als ich angenommen hatte. Generaladmiral Kummetz schien sich bereits seine eigenen Gedanken gemacht und dementsprechend auch schon seine untergebenen Admiräle geimpft zu haben. Bislang hatte ich mich nie groß mit Admirälen beschäftigt. Es war beeindruckend, wie viele wir hatten. Für die U-Boot-Fahrer hatte es Dönitz gegeben und früher vielleicht noch Raeder. Nachdem der Löwe den Stuhl des Oberbefehlshabers eingenommen hatte, waren wir sozusagen endgültig zum Freikorps Dönitz mutiert. Der Rest der Marine war etwas, das man bei der U-Boot-Gilde eher am Rande wahrnahm, denn wann hatten wir damit schon mal wirklich etwas zu tun? Nur jetzt mußte ich mich nicht nur damit befassen, sondern auch noch die Leute überzeugen, etwas zu tun, was sich als politisch gefährlich erweisen konnte. Zugegeben, diesmal war es nicht schwierig gewesen.

Hinterher rief ich vom Hauptquartier in Swinemünde kurz im Hauptquartier Koralle an, wobei »kurz« ein relativer Begriff war, denn es dauerte allein eine geschlagene halbe Stunde, bis eine Verbindung zwischen den beiden hochrangigen Stäben zustande kam. Zu meinem Glück war Roloff gerade frei.

»Wie läuft es, Thomsen?«

Ich sah mich kurz in dem ansonsten leeren Arbeitszimmer um, das man mir zur Verfügung gestellt hatte. Allein zu sein bedeutete nicht, daß nicht anderswo jemand mithören würde. Folglich wählte ich meine Worte entsprechend vorsichtig. »Admiral Engelhardt ist besorgt wegen der Brennstoffsituation. Ansonsten verfügt er über Schiffsraum. Kummetz und seine Leute gehen davon aus, daß die Sicherungssituation schwierig werden wird, sollten wir eine Armee in Ostpreußen versorgen müssen, aber dafür hat er noch Spritreserven.«

Der Kapitän schien sich ein paar Notizen zu machen. »Es könnte hart werden. Die Küstengewässer liegen in Reichweite amerikanischer und britischer Bomber. Ich denke zudem an Minen.«

»Minensucher haben wir in Kiel. Was sich als wesentlicher erweisen könnte, ist Artillerieunterstützung für das Heer.« Ich hielt den Atem an. Hoffentlich verstand Roloff, worum es ging.

Endlich brummte er zustimmend. »Das sollte möglich sein. Aber die Frage ist unsere Nordflanke. Ich werde Sie nach Norwegen schicken, damit Sie sich vor Ort ein Bild von der Situation machen können. Ihre alten Freunde aus Drontheim werden sowieso nach Norden verlegt, Thomsen. Kaafjord, Bogenbucht, falls Ihnen das was sagt!«

Das tat es selbstverständlich. In Drontheim hatte meine alte Flottille gelegen, die jetzt von Korvettenkapitän Schrader kommandiert wurde. Auch wenn es natürlich von dem alten Haufen etliche nicht mehr gab, war die Aussicht auf ein Wiedersehen mit den ehemaligen Kameraden dennoch erfreulich. »Könnte ein feucht-fröhlicher Abend werden, Herr Kapitän.«

»Übertreiben Sie es aber nicht. Es erwartet Sie einiges an Arbeit, und ein klarer Kopf tut dafür not.«

Etwas anderes hatte ich auch gar nicht angenommen. Schließlich wurde ich nicht ins äußerste Nordnorwegen geschickt, um meine alten Kumpels zu besuchen und ausgiebig mit ihnen zu feiern. Im Kaafjord lag das Schlachtschiff *Tirpitz*, die größte schwimmende Einheit, die Deutschland jemals besessen hatte. Allerdings mußte der beschädigte Riese wiederholt die Angriffe britischer Trägerflugzeuge über sich ergehen lassen, die zahlreiche Opfer unter der Besatzung forderten. Aber die *Tirpitz* war immer noch der schwerste Artillerieträger in unserer Hand. Ihre Achtunddreißiger konnten gegebenenfalls bis mehr als dreißig Kilometer weit ins Hinterland feuern. Und kein Heer, kein Panzer, keine verdammte Stalinorgel war in der Lage, diesen Koffern etwas entgegenzusetzen. Sollte es notwendig sein, einen Fluchtweg entlang der Küste mit Gewalt offenzuhalten, konnte sie der Trumpf im Ärmel sein. Das alles war mir bekannt, auch ohne daß Roloff es ansprach. Nur wußte ich auch, daß es zwei Punkte gab, die einem solchen Einsatz entgegenstanden. Zum einen war das Schiff beschädigt, und wie es daher um seine tatsächliche Kampfkraft stand, war etwas unklar, zum anderen gab es einen ausdrücklichen Führerbefehl, der das Schiff aus Furcht vor einer Invasion in Norwegen festhielt. Sollten also neue Order an das Schlachtschiff ergehen, konnte man sicher sein, daß die Reichskanzlei darüber mehr als nur verstimmt sein würde. Einmal mehr wurde mir klar, mit welch hohem Einsatz hier gespielt wurde.

Ich räusperte mich. »Sie kriegen alle notwendigen Berichte, Herr Kapitän. So schnell es geht. Versprochen!«

Roloff lachte. »Ich wußte doch, ich kann mich auf Sie verlassen, Thomsen.«

»Trotzdem, ganz wohl ist mir bei dieser Sache nicht, Herr Kapitän.«

»Wem ist das schon?« Der 1. ASTO zögerte kurz. »Es ist eine Frage der persönlichen Kompetenz, Thomsen. Das wissen wir beide. Und die Zeit wird knapp, wenn es so weitergeht.«

»So ist es, Herr Kapitän. Ich melde mich dann also von Norwegen aus wieder. Vielleicht wissen Sie dann ja auch bereits, wie sich die Sorgen Admiral Engelhardts zerstreuen lassen.«

»Ich kümmere mich darum. Sie sehen zu, daß Sie nach Drontheim kommen. Die Luftwaffe kann Ihnen einen Flug besorgen.«

»Mache ich, Herr Kapitän. Ich versuche, nächste Woche zurück zu sein.« Mein Blick fiel auf den Kalender an der Wand. Der August begann sich bereits dem Ende entgegenzuneigen, und bald würde der Herbst den Sommer ablösen. Ein beklemmendes Gefühl.

Die Luftwaffe erwies sich als sehr entgegenkommend ... zumindest, nachdem ich meine Papiere vorgezeigt hatte. Immerhin war mein Beglaubigungsschreiben von Dönitz persönlich unterzeichnet worden. Drei Stunden später saßen wir in einer Ju-52. Unser angeschossener Kübel blieb in der Obhut der Luftwaffe zurück.

Der Flug zog sich ewig hin. In Oslo erfolgte die erste Zwischenlandung zum Auftanken, aber viel mehr Zeit als für eine Tasse Kaffee hatten wir nicht. Dann ging es weiter nach Norden. Aufmerksam spähte ich aus den runden Fenstern. Die Küstenlinie zu unserer Linken war fast nicht zu erkennen. Kein Wunder, daß der Pilot die Küste selbst mied. Dort gab es überall Flakbatterien von Heer und Marine, und ebenso, wie die Marine sich nicht auf die Luftwaffe verließ, wenn es darum ging, ein Schiff genau auszumachen, wollten die Piloten kein Risiko hinsichtlich der Kenntnisse in Sachen Flugzeugkunde auf seiten der Marine eingehen, die dort unten den größten Teil der Luftabwehr stellte. Am Nachmittag begann dann endlich der Landeanflug auf Drontheim.

Es gab eine etwas längere Pause, die wir dazu benutzten, uns die Beine zu vertreten. Noch einmal ein paar Stunden, und wir würden in der Nähe des Kaafjords ankommen. Meine alte Flottille mußte wohl auch schon dort angekommen sein. Mochte der Kaafjord und der kleine Ort gleichen Namens auch am Arsch der Welt liegen, irgendwas würde den Kameraden schon einfallen. Auch für sie war es nur ein kurzer Zwischenaufenthalt, das wußte ich. Die Verlegung nach Norden konnte nur bedeuten, daß man sie gegen die Nordmeergeleite operieren lassen wollte. Als ob sie nicht schon genug mitgemacht hatten. Einmal mehr ertappte ich mich bei dem Wunsch, es möge endlich Schluß sein mit derartigen Einsätzen. Der Krieg war verloren. Aber so durfte ich nicht denken. Mit Schaudern erinnerte ich mich wieder an die Lagezusammenfassung Roloffs. Die Auswirkungen eines Geleitzuges, der nach Rußland durchkam, würde sich etwa vier Wochen später an der Ostfront nachhaltig bemerkbar machen. Der Druck auf unsere ohnehin unterlegenen Heeresdivisionen würde sich nochmals verstärken, und wieder gingen ein paar wertvolle Tage verloren. Nur bedeutete jeder Tag, den die Unsrigen die russische Dampfwalze aufhalten konnten, die Chance für rund einhunderttausend Menschen, die Flucht nach Westen anzutreten. Es ging um nichts mehr, nur noch um Zeitgewinn.

Als wir den Flug endlich fortsetzten, übermannte mich die Müdigkeit schließlich doch noch. Trotz der dröhnenden Motoren und der ständigen Schüttelei in dieser Kiste döste ich, eingehüllt in einen warmen Mantel, ein.

Der Schlummer war, so erschien es mir wenigstens, nur von kurzer Dauer. Ich hatte keine Ahnung, was mich geweckt hatte, aber plötzlich starrte ich aus dem Fenster. Offenbar waren wir bereits nahe an unserem Ziel. In dem Panoramablick, der sich mir bot, waren schwarze Sprengwolken zu unserer Linken unverkennbar, genau dort, wo ich den Fjord vermutete. Die Piloten unserer Tante Ju hatten bereits einen steilen Sinkflug eingeleitet, und wir verloren atemberaubend schnell an Höhe. Irgendwo am Himmel konnte ich noch ein paar britische Jäger erkennen, die aber bereits abdrehten und in Richtung See verschwanden.

»Fliegerangriff auf den Fjord!« Hubesch spähte gleichfalls aufgeregt aus seinem Fenster. »Hoffentlich verwechselt uns niemand da unten mit einem Tommy.«

Ich sah kurz zur anderen Seite. Die hohen Berge erschienen mir bereits zum Greifen nahe, und die dreimotorige Transportmaschine schwankte, zumindest nach meinem Empfinden als Seemann, beängstigend. Aber irgendwie kriegte der Pilot mit dem Vogel die Kurve. Augenblicke später setzte die Ju mit einem heftigen Stoß hart auf und rollte mit einem Affenzahn an ein paar nach wie vor heftig feuernden Acht-Acht vorbei. Verdammte Fliegerei!

Die rasende Holperei über die Behelfspiste schien kein Ende zu nehmen, dabei war die Tante Ju eigentlich dafür bekannt, mit kurzen Lande- und Startbahnen auszukommen. Endlich kam der Vogel zum Stillstand. Ich wartete nicht, ob einer der Männer aus dem Cockpit kam, sondern sprang zur Tür und drückte sie auf.

Bis zum Boden war es nicht weit. Ein Sprung, ein kurzer Rundblick, und ich stürmte auf eine Baracke zu, die in der Nähe stand. Da es die einzige Baulichkeit war, mußte es sich wohl um einen Kommandostand handeln, oder wie immer man das bei der Luftwaffe auch bezeichnen mochte. Hubesch und Wolf folgten mir auch ohne Befehl von sich aus. Etwas außer Atem von der Rennerei stürzte ich in die Baracke, die mit drei Figuren besetzt war. Ein blutjunger Leutnant und zwei Unteroffiziere stierten überrascht auf die Streifen auf meinen Ärmeln. Ich verzichtete auf Vorreden. »Was ist unten am Fjord los?«

»Fliegerangriff, Herr … äh … Herr Kapitän?« Offenbar konnte der Knabe meine Rangabzeichen immer noch nicht ganz genau einordnen, und die Anrede »Kapitän« war daher aus seiner Sicht im Zweifelsfall nicht verkehrt. Trotzdem: In Anbetracht unserer Marinepräsenz in Norwegen hätte er eigentlich schon darüber Bescheid wissen können. Doch was sollte es? Die Luftwaffenheinis hielten sich nach wie vor für den Nabel der Welt oder zumindest militärisch für die Erfinder des feuerfesten Sauerkrauts.

Wolf streckte den Kopf zur Tür herein. Irgendwo in ziemlicher Ferne erklangen das Bellen schwerer Flak sowie ein urweltliches Grollen, das von einer gerade eben ungnädig erwachten Naturgewalt zu stammen schien. Ich hatte noch nie einen derartigen Ton gehört.

Auch der Maat blinzelte verdutzt. »Was zum Teufel …?«

»Die *Tirpitz*!« Der Leutnant wandte sich ab und bellte einen der Unteroffiziere an. »Nun klemmen Sie sich schon hinter das Telefon und stellen Sie fest, was los ist!« Er wandte sich wieder an mich. »Verzeihung, Herr Kapitän?«

»Fregattenkapitän Thomsen!« Ich streckte ihm die Hand entgegen. »Zweiter ASTO im Oberkommando!«

Erwartungsgemäß glitt sein Blick über meine Uniform. Marinerangabzeichen kannte er natürlich nicht, und das U-Boot-Kampfabzeichen hätte für ihn genausogut ein kleines grünes Männchen mit Fischschwanz sein können. Aber ein Ritterkreuz mit Schwertern und Brillanten erkannte er. Den Rest erledigte »Oberkommando«. Lautstark schlug er die Hacken seiner Knobelbecher zusammen und nahm Haltung an. »Leutnant Helge Schneider mit zwei Unteroffizieren in Bereitschaft!«

Ich tippte kurz an die Mütze. Wofür und weswegen er in Bereitschaft war, mochte der Teufel wissen, es interessierte mich auch nicht. »Weitermachen, Leutnant! Ich muß runter zum Fjord. Wie kann ich hinkommen?«

»Wir haben einen Wagen draußen, Herr Kapitän!«

Überrascht sah ich Wolf an, aber mein Fahrer zuckte nur mit den Schultern. »Wollte ich ja gerade sagen, als das Urviech loslegte, Herr Kapitän.«

Ich lauschte. Das Grollen war verstummt, und auch die Flak schien einen Augenblick Pause einzulegen. Doch der Eindruck täuschte, denn schon donnerten wieder die Geschütze los. Es hörte sich an wie ein mächtiger Orchestereinsatz. Fünfzehner, Zehner und Acht-Acht. Die *Tirpitz* führte Fünfzehner und Zehner als Mittelartillerie. Der hellere schärfere Klang der Acht-Acht schien hingegen von der Flak an der Küste zu stammen. Mir wurde plötzlich klar, daß dort unten auch leichte Flak feuern mußte ... nur hörten wir sie hier oben nicht.

Ich fuhr herum. »Wir nehmen Ihren Wagen, Leutnant!« Ohne auf eine Erwiderung zu warten, stieß ich meinen Maat an. »Los, Wolf!« Gemeinsam stürzten wir hinaus und ließen die verdutzten Luftwaffenleute in der Baracke zurück. Minuten später raste der Kübel in halsbrecherischem Tempo hinunter zum Hafen. Das »Urviech«, wie Wolf es durchaus nicht unpassend getauft hatte, grollte erneut. Schwerer Qualm und der Rauch aus Nebelwerfern lagen über dem Fjord, und je näher wir kamen, desto stärker wurde auch der Geruch von Kordit.

Die Nebelsuppe leuchtete grellrot auf, und wieder donnerte es. Die schweren Türme der *Tirpitz* feuerten vermutlich im Zonenschießverfahren abwechselnd auf den Eingang zum Fjord. »Das Biest«, wie die *Tirpitz* von der englischen Propaganda tituliert wurde, war erwacht. Im Gegensatz zu ihrer unglücklichen Schwester, der *Bismarck*, hatte die *Tirpitz* nie eine Chance erhalten, sich im Gefecht mit einem Gegner zu messen.* Nun lag sie hier und mußte ihre schweren Geschütze dazu benutzen, sich Flieger vom Leib zu halten! Wie Mücken, die einen Elefanten angriffen, nur, daß diese Mücken tödliche Stacheln hatten.

Endlich erreichten wir die ersten Häuser des Ortes, was Wolf aber nicht daran hinderte, mit unvermindertem Tempo weiterzurasen. Immer dorthin, wo er in den wabernden Nebelschwaden die Wasserfront vermutete. Erst als wir nach einer Vollbremsung im letzten Moment zum Stehen gekommen waren, begriff ich, daß die *Tirpitz* gar nicht an der Pier war. Sie

---

* Die *Bismarck* versenkte am 24. Mai 1941 bei der Schlacht in der Dänemarkstraße das Flaggschiff der britischen Marine, die *Hood*.

mußte draußen im Fjord liegen, an der anderen Seite. Überall schoß Flak, und ich konnte mir nicht vorstellen, daß die Bedienungen groß etwas sahen. Alles was sie taten, war, Sperrfeuer zu legen. Das hier war kein einsamer Raid einer Handvoll Flieger. Wir waren mitten in einen Großangriff geraten!

* * *

Immer noch verdutzt standen wir an der Wasserfront. Um uns herum blitzte und knallte es, aber zu sehen war nicht viel. Auf einmal schaltete sich auch das harte metallische Rattern der Maschinenkanonen in den Höllenlärm mit ein. Ich spitzte meine Ohren. Da waren Zwillinge im Einsatz, irgendwo draußen vor uns. Ich tippte Wolf auf die Schulter. »Fahren Sie am Wasser entlang«, wies ich ihn an. »Nach rechts!«

Auch Hubesch lauschte mit schräg gelegtem Kopf. »U-Boote?«

»Klingt nach Zwillingen im Wintergarten. Ich verstehe nur nicht, wieso die Boote im Hafen bemannt sind.« Vorsichtshalber klammerte ich mich wieder fest, als Wolf vor uns auf dem Fahrersitz Gas gab. Immer wieder hörte ich das vertraute Stakkato, lange Feuerstöße. Das bedeutete, die Schützen mußten irgend etwas sehen. Die feuerten nicht auf Verdacht!

Motoren heulten gequält auf, und ein riesiger Schatten erschien aus dem Nebel und raste über uns hinweg.

»Vier-Mot!« brüllte Hubesch.

Ich hatte den Bomber nur für kurze Augenblicke gesehen, bevor die Maschine wieder im Dunst verschwand. Die Bombenschächte hatten offengestanden, folglich hatte der Vogel seine Last bereits abgeladen. Verdammt, wo kamen die Riesendinger bloß her? Der Kaafjord lag außerhalb der Reichweite von Fliegern, die von den britischen Basen aus starteten. Deswegen lag die *Tirpitz* ja auch hier oben! Alle früheren Angriffe waren von Flugzeugträgern aus erfolgt.

Wieder donnerte es, doch dieses Mal klang es anders. Der Boden erzitterte, und Wolf mußte kämpfen, um die Kontrolle über den Kübel zu behalten. Ich richtete mich überrascht auf und wäre fast aus dem Wagen gefallen, wenn mich der Signalmeister nicht reaktionsschnell gepackt hätte. Dem ersten Beben folgte ein zweites und drittes. Das kannte ich, das hatte ich erst ein paar Tage zuvor erlebt. *Überschwere Bomben! Die Dinger konnten Bunker knacken!* Die Erkenntnis, was hier vor sich ging, raubte mir den Atem. Noch als Wolf mit quietschenden Bremsen auf der Pier zu stehen kam, sträubten sich mir die Haare unter der Mütze. *Die Briten wollen die Tirpitz knakken!*

Während ich hinter Hubesch und Wolf her auf die vertrauten Silhouetten zulief, fügte sich in meinem Kopf ein Stück des Puzzles zu anderen. Und das Bild, das sich ergab, gefiel mir gar nicht.

Wir stolperten über die schmalen Stellings, als das Abwehrfeuer verstummte. Aufatmend ließ ich mich im Schatten des Turmes gegen das Metall sinken. Es war nicht mehr meine Flottille, nicht mehr mein Boot, aber trotzdem war es wie Heimkommen.

Über uns spähte ein Seemann neugierig vom Wintergarten herunter. Ich erkannte ihn wieder, obwohl sein Gesicht von Korditspuren verschmiert war. *U 112*, schließlich war ich mit diesem Boot erst vor ein paar Wochen aus dem belagerten Brest ausgebrochen.*

Auch er realisierte sofort, wer ich war. »Herrje, Herr Kapitän Thomsen! Wo kommen Sie denn so plötzlich her?« Dann gewann die militärische Disziplin wieder die Oberhand, und er legte die Hand ans Schiffchen. »Melde Obergefreiter Jagoschka beim Sichern der Flak, Herr Kapitän!«

Ich rappelte mich auf und winkte ab. »Schön, Sie wiederzusehen, Jagoschka. Ist Kaleu Kruse unten?«

Jagoschka zuckte mit den Schultern. »Sind alle da, Herr Kapitän!« Er deutete auf den Wintergarten, wo mehrere grinsende Gesichter auftauchten. Eins gehörte Oberleutnant Werda, dem I WO meines alten Freundes Klaus Kruse. Ich winkte nach oben. »Moin moin, Herr Werda!«

»Na, das ist jetzt aber mal 'ne nette Überraschung, Herr Kapitän!« Er lachte erfreut. »Ich sage gleich dem Kommandanten Bescheid!«

»Verraten Sie mir lieber, was hier eigentlich los ist, Herr Oberleutnant!«

Der I WO blinzelte, und für einen Augenblick sah ich die Müdigkeit hinter der Fassade wie eine aufbrechende Wunde. »Die Tommies sind los. Sie versuchen, die *Tirpitz* auszuschalten, Herr Kapitän!« Während er sprach, deutete er unsicher in den Nebel. »Die Luftwaffe hat oben auf einem der Berge eine Hohen-

---

* Siehe Erik Maasch: *Letzte Chance: U 112.*

twiel-Anlage* stehen und ein paar kleinere Dinger am Fjordeingang. Das gibt uns immer ein paar Minuten Frist. Dann nebelt alles, was das Zeug hält, und wir schießen Flakschirm.« Er sah mich ernst an. »Wir sind ja erst seit ein paar Tagen hier, aber ich habe mit ein paar Offizieren von den M-Böcken gesprochen. Die Tommies haben es bisher immer von Trägern aus versucht.«

Ich blickte zu ihm hoch. »Das waren dicke Viermotorige. Lancasters. Die können nicht von einem Träger gekommen sein.«

Werda, ganz der ausgebuffte Navigator, der er nun einmal war, nickte. »Über den Daumen gepeilt sind die von Archangelsk gekommen. Anders schaffen die es nicht hierher.« Er verschwand für einen Augenblick aus meinem Sichtfeld, und als er wieder erschien, grinste er. »Der Alarm ist vorbei, Herr Kapitän! Wenigstens für jetzt.«

Ich unterdrückte einen erstaunten Gesichtsausdruck. Normalerweise rangierte ein U-Boot ziemlich weit unten auf der Liste jener Einheiten, die einen Telefonanschluß an Land bekamen, weil deren Zahl einfach begrenzt war. Daß *U 112* offensichtlich einen besaß, zeigte, wie spärlich wir hier oben nur noch vertreten waren. Langsam stieg ich die Klampen zum Turm empor, während in meinem Gehirn Gedanken

---

* Matratzenförmige Funkmeßantenne, deren eine Seite als FuMO (Funkmeß-Ortungsgerät zum Erfassen von Funkmeß-[Radar-]Strahlungen) diente, die andere als FuMB (Funkmeß-Beobachtungsgerät, ein durch eigene Impulsausstrahlungen [aktiv] ortendes Funkmeßgerät).

rasten. Ich mußte mich räuspern, um den Geschmack von Heizöl aus der Kehle zu kriegen.

Kaleu Klaus Kruse erwartete mich bereits oben. Statt einer formalen Meldung schlug er mir auf die Schulter. »Mensch, Arne, was machst du denn hier? Wir wähnten dich in Berlin am schönen Tirpitzufer.«

»Vergiß es, Klaus!« sagte ich und erwiderte die stürmische Begrüßung. »Die meisten hocken jetzt draußen in Bernau in den Bunkern vom Hauptquartier Koralle. Und ich erledige ein paar Reiseaufträge. Mehr erzähl ich dir bei einem Schnaps, so du denn einen hast.«

»Nicht an Bord, aber wir haben eine Baracke zugewiesen bekommen, oberhalb von Kaafjord selbst.« Er deutete auf den kleinen Ort, dessen Gebäude sich von hier aus schemenhaft abzeichneten.

»Danke für die Einladung. Aber ich muß zunächst etwas über die Schäden herausfinden.« Ich wandte mich um. »Das sind Signalmeister Hubesch und Maat Wolf, meine rechte Hand und mein Fahrer, wenn du so willst. Könntest du Schrader anrufen und uns ein Quartier besorgen?« Mein Blick glitt über das Wasser und die verwehenden Nebelschwaden. Auf der anderen Seite des Fjords wurde eine Silhouette langsam sichtbar. Die *Tirpitz*. Nach wie vor wirkte sie riesig. Noch immer qualmten die großen Geschütze und zeugten von der Wehrhaftigkeit des Biests. Aber auch aus dem Vorschiff quoll dichter Rauch und strafte den ersten Eindruck von Unverletzlichkeit Lügen. Die *Tirpitz* war getroffen worden, und zwar schwer, wenn ich mir so die Rauchwolke und das tief eingetauchte Vorschiff betrachtete. Langsam glitt der Koloß zurück in seinen Netzkasten. Offenbar hatte der Kommandant den Schutz der U-Boot-Netze verlassen, um Raum für Ausweichmanöver zu haben. Getroffen hatten die Tommies trotzdem. Langsam wandte ich mich Klaus zu. »Ich muß auf die *Tirpitz*, um festzustellen, wie es dort aussieht.«

Klaus deutete auf die Boote, die in zwei Päckchen an der Pier lagen. Lindners und Possehls Boote bildeten die Außenseite. »Einer von den Kameraden kann der *Tirpitz* signalisieren, ein Boot zu schicken. Oder wir warten, bis das Wachboot wieder seine Runden dreht.« Auch sein Blick ruhte resigniert auf dem waidwunden Schlachtschiff.

* * *

»Herr Kapitän, es gibt ein Problem.« Auch wenn die Verbindung nach Deutschland nicht besonders war, so war dennoch die Besorgnis, die in der Stimme von Fräulein Helfert mitschwang, unüberhörbar. Aber wenigstens hatte ich eine Leitung bekommen.

»Ein Problem?« Ich runzelte die Stirn. »Nur eins?« Ich blickte aus dem Fenster der Baracke, die Korvettenkapitän Schrader als Stabsquartier diente. Meine Uniform stank immer noch nach Schweiß und Rauch. Und auch wenn es eigentlich nicht sein konnte, glaubte ich nach wie vor den Geruch von Blut wahrzunehmen. Ich war erst seit einer Stunde von der *Tirpitz* zurück. Kapitän Junge, der Kommandant, hatte bereits selbst das Hauptquartier offiziell informiert. Mein Anruf hingegen war mehr interner Natur. Trotzdem waren meine Gedanken immer noch auf dem Schlachtschiff. Eine schwere Bombe hatte im Vorschiff eingeschlagen und das Panzerdeck durchbrochen. Laut den Ingenieuren befanden sich etwa achthundert bis neunhundert Tonnen Wasser in der Bilge. Das war zu verschmerzen, nicht jedoch die mehreren hundert Toten und Verletzten, die es gegeben hatte. Schon allein die Verluste unter der Besatzung, qualifizierte und verdiente Seeleute, bewirkten, daß das Schiff auf geraume Zeit nicht mehr einsetzbar sein würde. Noch immer sah ich vor meinen Augen die Feuerlöschtrupps, die Männer, die Tragen mit zugedeckten Körpern aus den Abteilungen unter dem Vordeck trugen, und die Sanitäter. Nur mit Mühe konnte ich mich auf das konzentrieren, was Fräulein Helfert mir mitteilen wollte. »Also schön, dann schießen Sie mal los!«

»Zwei Herren von der Gestapo namens Unger und Kowalski sind bei uns aufgekreuzt und wollten Kapitän Roloff sprechen.« Sie kicherte leise. »Der Kapitän hat sie kurz empfangen, ihnen aber ansonsten nur zu verstehen gegeben, daß sie nicht über die notwendigen Berechtigungsstufen für gKdos verfügten und er daher keine ihrer Fragen beantworten dürfe.«

Mit einem Schlag war ich hellwach. Unger und Kowalski! In meinem Kopf schrillte eine Alarmklingel. Die beiden waren nach der unseligen Geschichte mit dem unbetrauert verstorbenen Oberleutnant Wollenweber auf der Bildfläche aufgetaucht.* Damals war ich es gewesen, der die beiden Gestalten aus meinem Dienstzimmer geworfen hatte. Wollenweber war vom

* Siehe Erik Maasch: *Letzte Chance: U 112.*

norwegischen Widerstand erschossen worden, und seine zuvor erhobenen Anschuldigungen gegen meine Kommandanten und letzten Endes auch gegen mich selbst hatten sich als haltlos erwiesen, und die Sache war im Sande verlaufen. »Haben Sie eine Ahnung, was die beiden wollten?«

»Kapitän Roloff war so freundlich, mir seine Notizen zu überlassen ... nur für den Fall, daß Sie sich melden sollten.« Ich hörte Papier rascheln. »Sie haben nach Ihnen gefragt, bekamen aber von uns lediglich mitgeteilt, daß Sie im Auftrag des Großadmirals unterwegs seien, um verschiedene Einheiten zu besuchen. Die beiden Herren waren nicht sehr begeistert.« Sie senkte die Stimme, wie es in Deutschland üblich geworden war. »Anscheinend interessiert sich jemand sehr dafür, was Sie gerade tun, Herr Kapitän.«

Von den zwei Typen war mir vor allem Unger besonders unangenehm in Erinnerung geblieben. Ein arroganter Mistkerl, dem es Vergnügen bereitete, andere ans Messer zu liefern. Ein typisches Gestapo-Produkt. Die Abfuhr, die er von mir bekommen hatte, und den nachfolgenden Mißerfolg trug er mir garantiert noch immer übel nach. Trotzdem konnte ich mir nicht vorstellen, daß er deswegen aus Rachsucht auf eigene Faust gegen mich vorging. Da mußte etwas anderes dahinterstecken. »Die beiden waren vor einiger Zeit noch in Drontheim. Läßt sich vielleicht irgendwie rausfinden, wer die jetzt und warum nach Berlin versetzt hat?« Die Marine war immer schon der Partei wie der Gestapo nie ganz geheuer gewesen. Erst nach dem Attentat auf Hitler und unter Androhung drakonischer Strafen hatte man es geschafft, den Hitlergruß statt des traditionellen militärischen Grußes in der Marine einzuführen. Aber dessen ungeachtet hatte ich so gut wie noch nie bei uns erhobene Arme gesehen.

»Kapitän Roloff befindet sich immer noch beim Großadmiral?« erkundigte ich mich.

»So ist es, Herr Kapitän! Soll ich etwas ausrichten?«

»Sagen Sie ihm, die beiden Kerle sind gefährlich. Und bestellen Sie ihm auch, daß die *Tirpitz* für eine Weile ausfällt. Er wird wissen wollen, was los ist.« Ich zögerte. »Ich mache dann weiter mit dem ursprünglichen Reiseplan. Einen Bericht über die *Tirpitz* bekommt er vom Kommandanten des Schlachtschiffes sowieso.«

»Bedeutet das, Sie haben nicht mit ihm reden können?«

Ich verzog das Gesicht. »Es wird keinen Einsatz des Schlachtschiffes geben, oder ich müßte mich sehr täuschen.« Nur äußerlich ruhig blickte ich aus dem Fenster hinunter auf den Fjord. Die Konturen des großen Schiffes waren im Abendlicht noch gut zu erkennen. Brücke türmte sich über Brücke. Die schweren Türme waren in Mittschiffslinie gefahren, aber sie wirkten immer noch alert, bereit, sofort auf ein neues Ziel einzuschwenken. Schweißbrenner flammten hier und da auf, und auf dem Vorschiff waren große Planen ausgebreitet, welche die mächtige Wunde abdekken sollten. Rund um das Schiff herrschte ein wildes Durcheinander von Schleppern und Barkassen. Mir war bewußt, daß meine folgenden Worte, sobald sie von Roloff entsprechend weitergeleitet wurden, das

Schicksal dieses Meeresgiganten besiegeln würden. »Die *Tirpitz* ist nur noch ein Krüppel. Sie kann keine hohe Fahrt mehr laufen, also auch nicht mehr nach Deutschland zu einer Werft durchbrechen, ohne von den Tommies gestellt zu werden.« Ich räusperte mich. »Wir brauchen eine Alternative für ›Hannibal‹.«

»An was denken Sie, Herr Kapitän?«

Sie schien völlig unbeeindruckt. Aber vielleicht mußte man an ihrer Stelle so sein. »Die *Lützow* liegt noch in der Werft, soviel ich weiß ...« Und damit kam mir ein neuer Gedanke. Noch war nicht Matthäi am Letzten. »Erklären Sie Kapitän Roloff, daß ich hier noch ein bißchen länger brauchen werde. Danach melde ich mich wieder.«

* * *

Die nächsten Tage vergingen im völligen Durcheinander. Nach und nach wurde das Ausmaß der Schäden auf der *Tirpitz* in vollem Umfang deutlich. Abteilungen waren reihenweise total abgesoffen, andere beschädigt, dieses und jenes System ausgefallen. Die Eintragungen in der Kladde vermehrten sich stündlich. Dazu kam eine endlos erscheinende Liste mit den Namen von Gefallenen und Verwundeten. Ich beneidete den Kommandanten nicht um die Aufgabe, Briefe an die Familien schreiben zu müssen. *»Gefallen für Volk und Vaterland«, »Kämpfend gefallen für Deutschland und den Führer«* und was der üblichen Floskeln mehr waren. Wie würden die Familien diese Botschaften wohl aufnehmen, jetzt, da mehr und mehr klar wurde, daß das Ende nahe war?

Trotzdem spürte ich in mir so etwas wie eine neue Entschlossenheit. Der Krieg war verloren, und der Frieden würde hart werden, härter als der Krieg, jedenfalls für viele. Die Alliierten hatten ja längst beschlossen, was mit Deutschland nach dem Kriegsende geschehen sollte. Einen reinen Agrarstaat wollte man aus uns machen, von dem nie wieder eine Gefahr für die Nachbarn ausgehen konnte. Kein Wunder, daß viele bis zum letzten Tag kämpfen würden. Aber dennoch, die meisten warteten auf die Westalliierten, vorzugsweise die Amerikaner. Vor den Russen hatte jeder Angst, und das war nach allem, was auch ich gehört hatte, nur zu verständlich. Und das war es auch, was dieser einen Operation noch einmal eine besondere Wichtigkeit verlieh, einen Sinn inmitten all der Sinnlosigkeit.

Ich nahm an den Besprechungen teil, wie man es von mir erwartete. Immerhin war ich ganz offiziell als ASTO hier, auch wenn es durchaus noch andere Kontakte zum Großadmiral gab. Aber im Grunde hatte sich meine erste Einschätzung als zutreffend erwiesen. Die *Tirpitz*, sofern es vor Ort überhaupt möglich sein sollte, sie auch nur leidlich zu reparieren, würde es nie und nimmer bis zurück in die Heimat schaffen. Ohne Zweifel würde sie im Falle eines Falles kämpfend und mit wehender Flagge untergehen, aber untergehen würde sie, und damit war keinem gedient.

Alternativen wurden deshalb natürlich ausgiebig diskutiert. Alle Experten versicherten unisono, daß es im Prinzip unmöglich sei, das Schiff wirklich zu zerstören. Die Tommies würden es letztendlich schon versenken müssen, um die von ihm ausgehende Bedrohung zu eliminieren. Als Königsidee kam daher der verrückte Plan auf, die *Tirpitz* in flachem Wasser zu verankern, an einer Stelle, die so seicht war, daß sie überhaupt nicht sinken konnte. Sie würde zwar nicht mehr fahren können, aber dennoch weiter ihre schwere Artillerie einsetzen können. Aus dem Schlachtschiff würde eine schwimmende, wenn auch manövrierunfähige Batterie werden. Was das für die Besatzung bedeutete, konnte nur ein Seemann ermessen. Es war, als würde man ein lebendiges Wesen auf einem Opferaltar anketten.

Wenigstens die Abende verliefen erfreulich. Da die Boote meiner alten Flottille Blessuren davongetragen hatten, die behoben werden mußten, gab es für die Besatzungsmitglieder Urlaubsscheine. Aber da die Ausbesserungsarbeiten nicht lange dauern würden, blieben die meisten Männer im Ort. Die Offiziersmesse war nicht mehr als eine langgestreckte Holzbaracke, die anscheinend noch aus der Zeit von Jodls Gebirgsjägern stammte, aber immerhin schufen Kaminfeuer und ein ausreichender Nachschub an Getränken eine einigermaßen gemütliche Atmosphäre.

»Was glauben Sie, wann wir unsere Einsatzbefehle bekommen?« Korvettenkapitän Schrader sah mich nachdenklich an. Seinem glasigen Blick entnahm ich, daß er bereits ordentlich geschluckt hatte.

Ich zuckte mit den Schultern. »Wenn die Boote klar gemeldet werden, wird man Ihnen schon mitteilen, was anliegt, Herr Schrader.«

»Aber wenn …« Er sah mir nicht in die Augen. »Aber nehmen wir einmal an, es dauert länger …«

So also dachte er sich das. Ich nickte langsam.

Schrader war ein guter Mann. Er war vor langer Zeit auch ein guter U-Boot-Fahrer gewesen. Er würde sich nicht drücken, wenn ein Befehl kam. Aber wie jeder dachte auch er über das Ende nach und darüber, warum er die Boote nochmals rausschicken sollte. Im nüchternen Zustand hätte er das wohl kaum so offen ausgesprochen.

Ich kippte einen weiteren Aquavit, obwohl ich dieses sogenannte Lebenswasser nicht mochte. Kapitänleutnant Lindner und Kaleu von Possehl taten es mir nach. Klaus Kruse saß natürlich schon wieder mal auf dem trockenen und mußte sein Glas erst auffüllen.

Oberleutnant Werda, sein I WO, griente. »So einfach wird es nicht werden.«

»Der Endsieg wird wohl noch etwas länger auf sich warten lassen, als die Reparatur unserer Boote dauert«, meinte Lindner trocken. »Also dann, auf das Eismeer, meine Herren!«

Der Trinkspruch wurde mit grimmigem Schweigen aufgenommen. Für Augenblicke waren nur die Gläser zu hören, mit denen angestoßen wurde. Runter mit dem Zeug! Erinnerungen wurden in mir wach, an 1940. Ich hatte gerade mein erstes U-Boot übernommen und war damals hier oben eingesetzt gewesen.* Wie von selbst glitten die Gedanken weiter. Kuddel Wildenow, schon damals bei der gleichen Flottille, war seinerzeit auch schon mit seinem Boot dabeigewesen. Und Störmer hatte als mein II WO fungiert. Auf meinem Boot lernte er seine spätere Frau kennen. Danach wurde er Kommandant von *U 115* und starb,

* Siehe Erik Maasch: *Operation Eisbär.*

als ihn eine Granate zusammen mit seiner Frau auf der Pier in Brest zerriß.*

Die Gesichter anderer Kameraden tauchten aus dem alkoholischen Nebel auf. Von ihnen saßen einige in Kriegsgefangenschaft, aber die meisten von ihnen waren tot. Mein erster Kommandant etwa, der mit unserem Boot abgesoffen war, als uns gleich am Anfang des Krieges eine U-Boot-Falle erwischte. Oder der Unteroffizier, der auf *U 115* gedient hatte und in einem Sturm über Bord gegangen war. Sein Name war mir mittlerweile längst entfallen. Und in diesem traurigen Stil ratterte es weiter und weiter in meinem Kopf. Manche unserer Kameradschaftsabende endeten für mich nicht unbedingt vergnüglich, und dann fühlte ich mich hundeelend.

Tage vergingen, und so langsam bezweifelte ich, daß eintreten würde, worauf ich insgeheim wartete. Schwankend zwischen Enttäuschung und Aufatmen, nahm ich an allen unvermeidlichen Besprechungen teil und traf mich des Abends weiter mit meinen alten Kameraden. Und endlich, nach zehn Tagen und etlichen unsäglich müßigen Diskussionen über die *Tirpitz*, erschienen die beiden Herrschaften, mit deren Erscheinen ich bereits gerechnet hatte, ohne daß ich sie herbeigesehnt hätte. Es war einfach nur folgerichtig, daß die zwei Gestapo-Männer Unger und Kowalski in der kleinen norwegischen Ortschaft Kaafjord antanzten!

* * *

---

* Siehe Erik Maasch: *Letzte Chance: U 112.*

Unger, der Ältere, zückte seinen Lichtbildausweis und wedelte damit vor meiner Nase herum, kaum daß die beiden unangemeldet in das Zimmer gestürzt waren, das man mir zur Verfügung gestellt hatte. Hubesch, mit dem ich gerade ein paar Dinge durchgegangen war, blickte mich fragend an, aber ich nickte nur kurz. »Das wäre dann alles für den Augenblick, Signalmeister.« Ohne auf einen Kommentar zu warten, wandte ich mich Unger zu, der schon wieder nach seinen Zigaretten zu fischen schien. »Wagen Sie es nicht!«

Er grinste frech und zauberte ein Päckchen hervor, noch während sich die Tür hinter Hubesch schloß. »Machen Sie hier nicht die Welle, Herr Thomsen.« Genüßlich steckte er sich einen Glimmstengel an. »Es gäbe da noch ein paar Fragen an Sie!«

Ich beobachtete ihn ruhig. Daß er nichts gegen mich in der Hand hatte, nachdem Wollenweber tot war, wußten wir beide. Nur konnte ich es jetzt nicht gebrauchen, daß er sich ständig an meine Fersen heftete. »Was gibt es denn?«

»Die Ermittlungen wegen Wehrkraftzersetzung durch einige Ihrer damaligen Offiziere sind bedauerlicherweise im Sande verlaufen.« Er blickte mir ins Gesicht, und ich konnte in seinen Augen keinerlei Gefühl entdecken, das mich auf ein menschliches Wesen hätte schließen lassen. »Was noch lange nicht bedeutet, daß sie in Vergessenheit geraten sind. Wie es aussieht, scheinen Sie sich inzwischen höheren Ortes einige Kontakte geschaffen zu haben.«

Was sollte dieses Katz-und-Maus-Spiel? »Falls Sie damit meinen, daß ich zum OKM versetzt wurde – ich stand bereits eine Weile zur Beförderung an, und dieser Posten war gerade vakant geworden.« Sorgfältig nahm ich Maß. »Ich habe übrigens vernommen, daß Sie dort bereits versucht haben herumzuschnüffeln.«

»Man war dort nicht sehr auskunftsfreudig, obwohl das umgekehrt sicher besser für alle Beteiligten gewesen wäre.« Unger sah mich säuerlich an. »Es ist nicht gut, der Gestapo Auskünfte zu verweigern. Das führt zu einem ganz schlechten Ruf.«

Ich sah ihn ausdruckslos an. »Sie werden aber doch sicher verstehen können, daß, wenn es um militärische Geheimnisse geht, höchste Schutzwürdigkeit geboten ist. Wir sind im Krieg, Herr Inspektor, und da ist dergleichen geradezu zwingend notwendig.« Ich strahlte ihn förmlich an. »Sie wissen schon, Feind hört mit!«

Überrascht und aus dem Konzept gebracht, schnappte er nach Luft. »Was wollen Sie mir unterstellen?«

»Gar nichts.« Es kostete mich Mühe, meine Abneigung nicht zu offen zu zeigen. Aber vermutlich war er schon lange daran gewöhnt, daß Leute ihn verabscheuten. Vielleicht genoß er das sogar. »Legen Sie die notwendigen Ermächtigungen zur Einsicht in Geheimunterlagen vor, dann reden wir weiter. Vorher kann ich Ihnen keine Auskünfte geben, die in irgendeiner Weise mit militärischen Operationen zu tun haben.«

»Wir sind die Gestapo, wir ...«

Ich winkte ab. »Dann dürfte es ja kein Problem sein, die erforderlichen Vollmachten beizubringen. Und jetzt bitte ich Sie, mich zu entschuldigen. Ich habe nämlich zu arbeiten!«

»So können Sie uns nicht ...«

»Hubesch!« Ich bellte den Namen, und erwartungsgemäß kam der Signalmeister auch sofort herein. »Die Herren wollen gehen! Sorgen Sie dafür, daß sie die Tür finden.« Ich wandte mich noch einmal kurz Unger zu und beugte mich vor. »Herr Unger, es ist Krieg. Vielleicht habe ich mich nicht klar ausgedrückt, aber ich glaube, Sie haben sich zu nahe an die Front getraut.«

Er starrte mich verblüfft an. »Sie wollen mir drohen?«

»Nein ...«, ich lächelte ihn süffisant an und schüttelte dabei den Kopf, »... nicht drohen, nur darauf aufmerksam machen, wo wir hier sind.« Ich deutete zum Fenster. »Unten im Fjord sind vor ein Tagen ein paar hundert deutsche Soldaten gefallen oder verwundet worden, und ich wette, ein jeder von ihnen war ein besserer Mann als Sie, Unger. Und nun hinaus mit Ihnen!«

Ich lehnte mich zurück und sah zu, wie die beiden von Hubesch hinausgeleitet wurden. Vielleicht war es nicht weise gewesen, ihn so abfahren zu lassen, aber Weisheit stand ja ohnehin derzeit nicht hoch im Kurs.

Nach ein paar Minuten kehrte der Signalmeister zurück. Ich blickte ihn fragend an. »Irgendwelche Probleme?«

»Nein.« Er grinste freudlos. »Sie haben sich brav getrollt. Aber sie werden wiederkommen, oder schlimmer, sich wie Bluthunde an Ihre Fersen heften.«

»Es gibt nicht viel, was wir dagegen tun können, Hubesch.«

Er sah mir in die Augen. »Können schon, die Frage ist, ob es bereits an der Zeit ist, zu solchen Maßnahmen zu greifen.«

»Was verstehen Sie darunter?« Ich spürte, wie mir der Kragen etwas enger wurde. Natürlich kapierte ich sehr wohl, was er meinte, aber mit solchen Dingen wollte ich nun wirklich nichts zu tun haben.

Hubesch blickte mich ruhig an. »Maßnahmen eben. Schauen Sie nicht so entsetzt drein, Herr Kapitän! Das große sinnlose Sterben hat doch schon längst Einzug gehalten, kommt es da also auf zwei solche Typen wie die noch an? Vor allem jetzt noch?«

Ich wußte, daß dergleichen schon öfter passiert war. Männer waren unbemerkt über Bord gegangen, irgendein Schuß hatte sich versehentlich gelöst, was auch immer. Solche Dinge passierten, man hatte davon gehört, und je weiter es mit uns bergab ging, desto öfter geschah das. Es mußte ein allgemeiner Wahnsinn sein. Beim Heer rannten SS-Leute herum und erschossen Offiziere, von denen sie annahmen, daß sie sich nicht total eingesetzt hatten, und der sogenannte Volksgerichtshof verhängte tagtäglich Todesurteile. Wo war die Grenze zwischen Krieg und Mord? Möglicherweise hatte Hubesch sogar recht, vielleicht aber auch nicht. Trotzdem wollte und konnte ich diese Brücke nicht überschreiten. Ich war Soldat, Offizier, aber kein Auftraggeber für Mord. »Nein, Hubesch, das geht absolut nicht an! Außerdem würde dadurch das Problem auch nicht gelöst. Andere würden Unger und Co. folgen.«

Der große, vierschrötige Signalmeister nickte bedächtig. »Wahrscheinlich. Allerdings brauchen wir dann vor der nächsten Station auf unserer Reise ein Ablenkungsmanöver, um die Brüder abzuschütteln.« Er sah mir in die Augen. »Da, wo wir hingehen, können wir die Kerle wirklich nicht gebrauchen, meinen Sie nicht?«

»So ist es. Wir benötigen dafür leider bloß noch eine zündende Idee, allerdings eine, die bitte nichts mit Mord und Totschlag zu tun hat.«

* * *

Letztlich erwies sich das Ganze als wesentlich einfacher, als ich dies angenommen hatte. Wir benutzten schlichterdings eines der Transportflugzeuge, die irgendwelche Ersatzteile für die beschädigte *Tirpitz* gebracht hatten. Logischerweise ging das alles ohne großen Abschied in der Messe über die Bühne. Wir packten unser Zeug und rauschten hinauf zum Feldflugplatz. Mit meinen Papieren war es kein Problem, daß wir anstandslos mitgenommen wurden, denn schließlich mußte die Maschine sowieso zurück nach Deutschland.

In Kiel, wo wir landeten, setzten wir uns in einen Zug nach Hamburg und fuhren von dort aus bei der ersten sich bietenden Gelegenheit direkt weiter nach Holland.

Imurjden war ein winziges Kaff, eher ein Weiler denn ein Dorf. Die paar Bauernfamilien, die ursprünglich dort mal gelebt hatten, waren längst weg. Nur ihre Gehöfte waren übriggeblieben und dienten nun einer weniger ländlichen Art von Bewohnern als Unterkünfte und Dienstgebäude.

Wir stellten unseren geliehenen Kübelwagen, der diesmal vom Marinestab in Hamburg stammte, in eine große Scheune, wie uns ein Schild empfahl, und blickten uns suchend um. Es war seltsam still hier. Keine Stimmen waren zu hören und niemand zu sehen. Ich sah Wolf an. »Sind Sie sicher, daß wir hier richtig sind?«

Mein Fahrer nickte, wirkte dabei aber nicht hundertprozentig überzeugt. »Wenn die Wegbeschreibung stimmt ...«

Falls das der Fall war, dann sollten wir uns jetzt bei einer Außenstelle des sogenannten K-Verbandes befinden, der Kompanie 36. In der Scheune parkten immerhin verschiedene Militärfahrzeuge bis hin zu einem Fünftonner. Nur zu sehen war niemand. Ich strebte dem Scheunentor zu, aber eine scharfe Stimme hielt mich auf. »Halt! Keinen Schritt weiter.«

Die Soldaten schienen aus dem Nichts zu kommen. Sie trugen deutsche Uniformen, aber ohne Waffengattungs- oder Rangabzeichen, und richteten ihre schußbereiten Schmeisser-MPs auf uns. Verdutzt sah ich mich um. Die mußten doch bereits in der Scheune gesteckt haben, als wir kamen. Vorsichtig hob ich die Hände.

Ein schlanker, hochgewachsener Mann trat aus dem Schatten. Auch er trug keine Rangabzeichen. Sein eines Auge musterte mich ausdruckslos, das andere war unter einer schwarzen Klappe verborgen. Ansonsten unterschied ihn nichts von seinen Männern. Trotzdem wußte ich sofort, wer der Einäugige war. »Korvettenkapitän von Rieden?«

»Der bin ich. Und wer sind Sie?«

»Fregattenkapitän Arne Thomsen, Zweiter ASTO im Oberkommando.«

Befriedigt nickte er. »Nett, Sie kennenzulernen.« Er winkte kurz, und seine Leute senkten ihre Waffen. »Entschuldigen Sie, daß ich Sie für eine kleine Übung mißbraucht habe.« Er grinste selbstbewußt in die Runde. »Nur kein Moos ansetzen, Männer.«

Einer von ihnen trat vor. »Ihre Befehle?«

»Wir machen für heute Feierabend. Wache wie üblich, und Sie kümmern sich um die Begleiter des Kapitäns, Werner.«

»Zu Befehl!«

»Lassen Sie uns in mein Dienstzimmer gehen, Herr Thomsen«, forderte von Rieden mich auf. »Nach diesem Begrüßungsschreck können Sie sicher einen Schluck vertragen.«

»Ja, der wäre nicht schlecht«, sagte ich, und zusammen verließen wir die Scheune. Alles um uns herum wirkte ausgesprochen idyllisch und friedlich. Trotzdem hatte ich das Gefühl, genau an der richtigen Adresse gelandet zu sein.

Ein paar Minuten später saßen wir in seinem Büro, und Hartmut von Rieden zauberte den versprochenen Schnaps aus einer Schreibtischschublade. Während er zwei Gläser füllte, rekapitulierte ich, was ich über ihn wußte. Er war erst spät zur Marine gekommen. Von Haus aus war er Bergungsspezialist gewesen, aber als der Krieg ausbrach, hatte ihn die deutsche Bürokratie, ihren eigenen undurchschaubaren Gesetzen folgend, zum Heer einberufen. Nach und nach hatte er sich einen Ruf erworben, wenn es darum ging, etwas in die Luft zu jagen. Aber irgendwann im Sommer ’43 mußte es irgendeine Schweinerei gegeben haben, über die sich allerdings nichts mehr in seinen Personalunterlagen fand. Für mich sah das nach einem vertuschten Kriegsgerichtsverfahren aus. Und so war aus Major von Rieden Korvettenkapitän von Rieden geworden, und aus einer Handvoll Fallschirmjäger war die Kompanie 36 entstanden. In der Zwischenzeit waren U-Boot-Fahrer und Marinesoldaten anderer Einheiten dazugekommen. Alle hatten zwei Dinge gemeinsam: irgendeinen dunklen Punkt in ihrer militärischen Vergangenheit und dazu eine höchst destruktive Begabung. Mochte die 36 auch eine Strafkompanie sein, so war sie dennoch in erster Linie eine Kampfschwimmereinheit!

»Sie wirken nachdenklich, Herr Thomsen!« Von Rieden sah mich aus seinem einen Auge prüfend an, während er mir den Schnaps zuschob.

»Prost, Herr von Rieden!« Ich hob das Glas, und er tat es mir gleich. Nachdem ich das lauwarme Teufelszeug, das höllisch in der Kehle brannte, runtergekippt hatte, kam ich auf den Anlaß meines Besuches zu sprechen. »Ich muß Sie zunächst nach Ihrer Personalstärke fragen, Herr Kapitän. Laut meinen Unterlagen soll sie beinahe siebzig Mann betragen. Ursprünglich siebenunddreißig Fallschirmjäger und neunundzwanzig weitere Zugänge von anderen Einheiten.«

»Das war aber nett formuliert.« Sein Gesicht wurde ernst. »Wir sind zweiundvierzig. Der Rest …« Er zögerte. »Torpedoreiten ist keine ganz ungefährliche Sache, Herr Thomsen. Unsere Ausfallrate im Einsatz ist beinahe doppelt so hoch wie die der Seehundbesatzungen auf der anderen Seite der Bucht.«

Doppelt so hoch? Die Seehunde verloren etwa ein Drittel der Besatzungen! Ich starrte ihn an. »Das ist unglaublich!«

»Das gehört zu unserem Alltag.« Er deutete hinaus aus dem Fenster, und ich wußte, was er meinte. Nicht weit entfernt lag das östliche Ende des Ärmelkanals. Diejenigen, die auf die Idee verfallen waren, mit Kleinkampfverbänden Angriffe auf allein fahrende Frachtschiffe oder Küstengeleite durchzuführen, mußten entweder total durchgeknallt oder völlig verzweifelt sein. Obwohl, auch uns U-Boot-Fahrer hielten manche für verrückt, weil wir immer wieder aufs neue hinausfuhren. So gesehen, war der Unterschied gar nicht mal so groß.

»Dann werden Sie wohl nicht besonders unglücklich darüber sein, daß Ihre Kompanie aus dem Einsatz genommen wird«, erklärte ich.

»Wie soll ich das verstehen?« Sein Mißtrauen war ihm deutlich anzumerken. »Es gibt drei Kompanien wie die unsrige, die beiden anderen bestehen aus Freiwilligen. Wir sind gewissermaßen nur für die Himmelfahrtskommandos zuständig, Herr Thomsen.« Er runzelte die Stirn. »Sind Sie sicher, daß Sie hier überhaupt richtig sind?«

»Ich glaube schon, Herr von Rieden. Aber natürlich hat das nichts mit Nächstenliebe zu tun.«

»Das hatte ich auch gar nicht angenommen. Also ein neuer Einsatz, etwas, das noch aberwitziger ist als das, was wir sowieso schon veranstalten? Und mit noch weniger Chancen zurückzukommen, möchte ich meinen.«

»So schlimm wird es nicht werden, Herr von Rieden.« Auffordernd schob ich ihm mein leeres Schnapsglas zu. »Wenn es soweit ist, werden Sie im Detail informiert. Im Augenblick kann ich Ihnen nur soviel sagen, daß Sie und Ihre Männer eine Option darstellen, eine Art Einsatzreserve. Es kann also durchaus sein, daß Sie sich zwar bereithalten müssen, aber dennoch gar nicht zum Zuge kommen.«

Er sah mich lauernd an. »Trotzdem ... ich frage mich, warum die Befehle nicht auf dem üblichen Weg kommen.«

Weil keiner wußte, wo Konteradmiral Heye, sein Kommandeur, politisch stand! Aber das konnte ich von Rieden kaum sagen. Also zuckte ich nur mit den Schultern. »Ich habe meine Befehle, Herr von Rieden, und wenn es soweit ist, werden Sie auch die Ihren haben. Für den Augenblick habe ich ansonsten lediglich noch ein paar Fragen, die ich im Zweifelsfall aber nicht gestellt habe.« Ich lächelte unverbindlich.

»Schießen Sie los, Herr Kapitän. Ich werde sehen, was ich für Sie tun kann.«

Ich sah ihn an. Es war der Moment der Wahrheit. Wenn ich diese Frage stellte, dann gab es kein Zurück mehr. Aber wir mußten die Antwort wissen, für den Fall, daß es zum Schlimmsten kam. »Wäre es Ihnen und Ihren Leuten möglich, eine Kommandostelle in die Luft zu jagen? Einige Kilometer weit im Hinterland?«

Einen Moment lang schaute von Rieden verdutzt drein, denn mit so was hatte er natürlich nicht gerechnet. »Das sollte nicht unmöglich sein. Immerhin handelt es sich dabei um etwas, wofür wir speziell ausgebildet wurden. Es hängt natürlich von den näheren Umständen ab, aber prinzipiell ...«

Ich winkte ab. »Eine *deutsche* Kommandostelle im *deutschen* Hinterland?« Natürlich war mir dabei nicht wohl, aber Roloff wußte genau, warum dieser Schritt notwendig werden konnte, ebenso wie auch ich es in der Zwischenzeit begriffen hatte.

Korvettenkapitän von Rieden sah mich nachdenklich an. Wenigstens ließ er mich nicht auf der Stelle festnehmen. Erst nach einer Weile nickte er langsam und angelte wieder nach der Schnapsbuddel. »Erzählen Sie mir mehr, Herr Kapitän.«

* * *

Wochen vergingen. Ich kehrte für eine kurze Zeit ins Hauptquartier zurück, erstattete knapp Bericht am Tirpitzufer und verschwand danach wieder in den Tiefen von Koralle. Einen regulären Operationsstab für »Hannibal« und »Siegfried« gab es nicht und konnte es nach Lage der Dinge auch gar nicht geben. Also mußte alles unterderhand erledigt werden und hinterher trotzdem jeder wissen, was zu tun war. Mit anderen Worten, vor mir lag ein Haufen Schreibtischarbeit und Organisationskram, die ich nur im Verein mit einer Menge anderer Leute erledigen konnte. Und da die Divergenz zwischen dem, was wir taten, und dem, was offiziell darüber verlautbart wurde, offensichtlich war, wirkten viele nur mit sehr gemischten Gefühlen mit.

»Hannibal« war im Grunde der einfachere Teil, da es eine gewisse moralische Notwendigkeit gab und weil man sich in Deutschland bereits seit langem daran gewöhnt hatte, daß A gesagt und B getan wurde. So gab es auf dieser Seite keinen Mangel an Mitstreitern, lediglich mußte alles sehr diskret ablaufen. Im Oktober begann der erwartete russische Angriff, und die Truppen der Heeresgruppe A mußten sich trotz aller Bemühungen beinahe fluchtartig zurückziehen. Wenn es in diesem Tempo weiterging, und ich konnte keinen Grund erkennen, warum dem nicht so sein sollte, dann würde ganz Ostpreußen spätestens im Januar abgeschnitten sein. Und natürlich kam es, wie es kommen mußte. Bereits während die Rote Armee vorrückte, gab es die ersten Meldungen über Greueltaten. Massenmorde, Plünderungen, Vergewaltigungen, eine von der Propaganda aufgeputschte Armee zeigte ihr ganzes schreckliches Gesicht. Darüber, wie die SS in Rußland gehaust hatte, wurde damals nur wenig gesprochen, aber es gab Gerüchte zuhauf. Das Verhalten der russischen Soldaten steigerte die Angst der Zivilbevölkerung vor ihnen ins Unermeßliche, und für die Landser wurde der Gedanke, in sowjetische Gefangenschaft zu geraten, zum obersten Schreckgespenst.

Im Großdeutschen Rundfunk war mehr denn je vom Schicksalskampf des deutschen Volkes die Rede. Und viele, vor allem im Osten, empfanden es tatsächlich so. Während man im Westen den Alliierten mit einer gewissen Neugier entgegensah und sich allenfalls ein wenig Sorge wegen der Engländer und Franzosen, nicht aber der Amerikaner machte, ging die im Osten grassierende Furcht einher mit dem Wunsch, die Obrigkeit möge doch etwas unternehmen. Irgend etwas. Während man im Westen den Untergang des Tausendjährigen Reiches abwartete, gab es im Osten keinen Grund, nicht bis zur letzten Patrone zu kämpfen, wobei viele wohl auch hofften, die Westalliierten würden dadurch weiter nach Osten vorrücken.

Durchhalteparolen bestimmten die Nachrichten. Ostpreußen wurde zur belagerten Festung, wie es zuvor schon, freilich in wesentlich kleinerem Umfang, mit Frankreich geschehen war. Nur gab es Unterschiede. In Ostpreußen befanden sich, Schätzungen der Marine zufolge, die auf Zahlen aus diversen Quellen beruhten, etwa 2,4 Millionen deutsche Zivilisten. Zudem befanden sich dort die 4. Armee mit rund vierzigtausend Soldaten und weitere Einheiten der zerschlagenen Heeresgruppe A, die 2. U-Boot-Lehrdivision und verschiedene andere Marineeinheiten. Alles in allem würde der Kessel, wenn er sich denn schloß, rund zweieinhalb Millionen Menschen umfassen. Zweieinhalb Millionen und eine verlorene Armee, die nun nach dem Willen des Führers »den Schicksalskampf bestehen mußte, wollte sie nicht ihre Daseinsberechtigung verlieren ...«

In diesem sich abzeichnenden Durcheinander setzte Erich Koch, der NSDAP-Gauleiter für Ostpreußen, noch eins drauf und ließ durch die SS Fahnenflüchtige auf öffentlichen Plätzen erschießen – zur Abschreckung. Flucht und ungenehmigte Evakuierung wurden offiziell unter Todesstrafe gestellt. Verbände der SS wurden zum Teil gesondert eingesetzt, um Flüchtlinge aufzuhalten. Und genau das würde das Problem der Operation »Siegfried« sein.

Wenn die Teilnahme an »Hannibal« mit der Todesstrafe bedroht war, weil man den offensichtlich unhaltbaren Befehlen zuwiderhandelte, dann sah die Sache bei »Siegfried« schon noch etwas anders aus. Mir selbst konnte ich das offen eingestehen, aber niemandem sonst. Die Operation »Siegfried« würde von jedem Kriegsgericht als Hochverrat gewertet werden. Denn »Siegfried« sah nicht mehr und nicht weniger vor als die Ausschaltung der SS-Kommandostruktur, um die Evakuierung während der Operation »Hannibal« sicherzustellen. Mir war nicht wohl bei dem Gedanken; immerhin hatte ich, wie jeder Soldat, einen Fahneneid geleistet und war nun drauf und dran, diesen irgendwie zu brechen. Wem war ich verpflichtet? Dies zu entscheiden war alles andere als einfach für mich. Aber wenn wir noch etwas retten wollten, mußten wir handeln.

Im November erfolgte der nächste Schlag. Das Schlachtschiff *Tirpitz* wurde zwischen den Inseln Haakøy und Grindøy, wo es als schwimmende Batterie verankert war, von britischen Lancasters mit Tallboy-Bomben versenkt. Die Experten, die gemeint hatten, die *Tirpitz* würde allenfalls auf den flachen Grund sacken und ansonsten zumindest teilweise intakt bleiben, waren einem Irrtum aufgesessen. Das Schiff kenterte, und über zwölfhundert Mann der Besatzung fanden den Tod. Seit ihrer Indienststellung 1941 hatte die einsame Königin des Nordens Flottenkräfte gebunden, welche die Tommies dringend auf anderen Kriegsschauplätzen gebraucht hätten. Doch das hatte sich nunmehr erledigt.

Die Zeit der Dickschiffe in diesem Krieg war ohnehin vorbei. Was uns blieb, waren U-Boot-Einsätze.

Angreifen, ran, versenken, wie es einst der Löwe anschaulich ausgedrückt hatte. Die Verluste dabei waren horrend, aber die Boote würden weiter bis zum letzten Tag hinausfahren, daran hatte ich keinen Zweifel. Die U-Boot-Waffe würde ihre Pflicht erfüllen – bis zum bitteren Ende.

* * *

»Es ist an der Zeit, die nächsten Schritte zu tun, meine Herren!«

Ich sah Kapitän Roloff nachdenklich an. »Das wird schwierig werden, denn die Vorbereitungen sind noch nicht abgeschlossen. Die großen Lazarettschiffe haben manchmal jahrelang stillgelegen. Ihre Maschinenanlagen sind zum Teil nach wie vor entweder nicht einsatzbereit, oder es bestehen im günstigsten Fall noch erhebliche Zweifel an ihrer Zuverlässigkeit.«

»Darüber bin ich mir im klaren, Thomsen«, erwiderte Roloff. »Aber man ist höheren Ortes der Meinung, daß die Zeit drängt.«

»Das glaube ich auch, und wir müssen daher eben jeden Tag nutzen, so gut es geht.« Ich verzog mißmutig das Gesicht. »Bisweilen ist es allerdings wie verhext, Dinge bleiben auf dem Dienstweg einfach hängen, manchmal irren Kisten mit Ersatzteilen irgendwo herum, anstatt zu dem Schiff zu gelangen, für das sie bestimmt sind. Daß bei dem herrschenden Durcheinander überhaupt noch etwas klappt, grenzt fast schon an ein Wunder.«

»Das Problem ist, daß sich nach Lage der Dinge

im Führerhauptquartier der Löwe nicht noch weiter aus dem Fenster lehnen kann. Was will man machen?« Der Kapitän zuckte bedauernd die Schultern. Sein Gesicht wirkte müde. Es war ein weiter Weg gewesen, von der *Monte Cristallo* am Anfang des Krieges, wo ich ihn kennengelernt hatte,* bis hierher. Aus dem Fahrensmann war dabei ein Politiker geworden – notgedrungen, weil alles Politik war.

»Ich verstehe!« Und das tat ich wirklich, denn schließlich hingen überall Plakate rum mit der Durchhalteparole »Totaler Krieg – kürzester Krieg!« Nur, daß der Frieden fürchterlich werden würde.

Roloff räusperte sich. »Ich habe vor, Sie nach Ostpreußen zu schicken, Thomsen. Wir brauchen jemanden, der im Hinblick auf unsere Pläne die Lage dort einschätzen kann. Aber bitte keine Heldentaten, und sehen Sie zu, daß Sie rechtzeitig wieder heil rauskommen, verstanden?«

»Jawohl, Herr Kapitän!« Ich nickte. Was sollte ich auch anderes tun? *Keine Heldentaten!* Mein Bedürfnis danach war erschreckend gering, aber wir wußten beide, daß die Dinge nie so kamen, wie sie geplant waren. »Wann reise ich und wie?«

»Sie nehmen Ihre beiden Trabanten und diesmal auch Fräulein Helfert mit. Sie kennt dort ein paar Leute, die Ihnen nützlich sein können.«

Mein Gesicht verzog sich unwillkürlich zu einer Grimasse. »Es wäre mir lieber, wenn …«

»Nein!« Der Kapitän winkte ab. »Ich weiß, was Sie sagen wollen, aber es geht nicht anders. Sie kennt

* Siehe Erik Maasch: *Die U-Boot-Falle*.

Leute in Kochs Stab, an die Sie nie herankommen. Es kann sein, daß sich das als entscheidend erweist.« Er seufzte. »Ich spreche mit dem Löwen, damit er Engelhardt mehr Druck macht.«

»Druck allein wird nicht ausreichen. Er braucht Dieselöl und Ersatzteile.«

Roloff machte sich ein paar Notizen. »Immerhin hat sich Dönitz mit seiner Forderung nach der Zuteilung eines möglichst großen Kontingents des noch vorhandenen Treibstoffs durchsetzen können. Natürlich geht man in der Reichskanzlei davon aus, daß es für militärische Transporte benötigt wird.«

»Mir ist nicht wohl bei der Sache. Sobald sich auf den Schiffen auch Militär befindet, gelten sie als Truppentransporter, gleichgültig, wie viele Flüchtlinge an Bord sind.«

»Vergessen Sie das!« Kapitän Roloffs Stimme klang plötzlich scharf. »Die Alliierten haben ganz offensichtlich nicht die Absicht, Lazarett- und Flüchtlingsschiffe zu respektieren.« Er angelte nach einer seiner Mappen. »Ich habe über das Problem bereits nachgedacht, aber schauen Sie sich das hier erst einmal an.«

Ich nahm den schmalen Ordner und blätterte darin. Lazarettschiff *Alexander von Humboldt* – versenkt von amerikanischen Bombern im Juni, Lazarettschiff *Birka* – im Altafjord bereits 1943 auf eine von Flugzeugen abgeworfene Treibmine gelaufen, Lazarettschiff *Bonn* – am 4. November vor Bari von den Engländern mit Gewalt aufgebracht, Lazarettschiff *Bordeaux* – am 1. September entgegen der Genfer Konvention von amerikanischen Zerstörern auf- und nach England eingebracht. Ich blätterte weiter. Lazarettschiff *Erlangen* – in voller Kennung zwischen Genua und Viareggio am 16. Juni gebombt, und als das nicht reichte, am 4. September noch einmal, *Fasan* – bereits im Juli 1943 gebombt, *Freiburg* – am 23. Oktober durch die Briten völkerrechtswidrig aufgebracht und in Brindisi festgehalten. Das Schweizer Rote Kreuz versuchte derzeit vergeblich, das Schiff freizubekommen. Die Verlustliste mit den Lazarettschiffen schien überhaupt kein Ende nehmen zu wollen. *Innsbruck* – gebombt und versenkt, *Konstanz* – aufgebracht, *Stuttgart* – 1943 nach Bombenangriff ausgebrannt, wobei ein großer Teil der Verwundeten ums Leben kam …

Ich schlug die Mappe zu. An den Fakten gab es nichts zu deuteln, und die Botschaft war klar. Die hochgelobte Genfer Konvention interessierte die Alliierten und insbesondere die Tommies einen Dreck, und die Wahrscheinlichkeit, daß man die Sieger nach dem Krieg zur Verantwortung ziehen würde, war denkbar gering. Resigniert sah ich Roloff an. »Damit dürfte davon auszugehen sein, daß auch auf die Flüchtlingsschiffe Jagd gemacht wird, Völkerrecht hin oder her.«

»So ist es. Sie müssen daher mit U-Booten und Minen rechnen, die von Flugzeugen abgeworfen werden.«

»Das ist ja nichts Neues, Herr Kapitän.« Im Geiste ging ich die Vorbereitungen durch. »Die Minensucher werden alles dransetzen, zu den entscheidenden Zeiten ein paar Wege freizuhalten, koste es, was es wolle. Das sollte also klargehen. Natürlich bleiben Risiken, vor allem für die großen Schiffe, wenn die Routen so dicht entlang der Küste verlaufen. Sollten die Russen es allerdings schaffen, ihre U-Boote in der Ostsee zum Einsatz zu bringen, dann halte ich diese Gefahr für entschieden größer.«

»Die Finnen haben im September einen Separatfrieden mit den Iwans geschlossen. Wir vermuten, daß es nicht lange dauern wird, bis die Rote Flotte Stützpunkte im Süden Finnlands benutzen kann.« Roloff zuckte mit den Schultern. »Es tut mir leid, aber im Moment liegen mir dazu noch keine genaueren Informationen vor.«

Ich dachte über das nach, was gesagt worden war, und noch mehr über das, was unerwähnt geblieben war. Nach Lage der Dinge war die Wahrscheinlichkeit, von der SS erschossen zu werden, höher als das Risiko, von den Russen erwischt zu werden. Als ob der Krieg nicht schon so gefährlich genug war. Bevor alles vorbei war, würden die SS und die Nazi-Herrscher noch ein letztes Mal alles tun, um das Unvermeidliche aufzuhalten. Und gnade Gott denen, die im Wege standen!

Als könne er Gedanken lesen, fragte Roloff: »Was ist eigentlich mit Ihren beiden Schatten, Thomsen?«

Ich blickte auf. »Unger und Kowalski? Zumindest in letzter Zeit hat niemand sie gesehen, aber ich vermute, das hat nicht viel zu sagen.« Kurz nach meiner Rückkehr aus Holland waren die beiden wieder in Berlin aufgetaucht und hatten herumgeschnüffelt. Eines hatten die zwei Gestapo-Beamten dadurch unfreiwillig bewirkt: Sie hatten die Entschlossenheit Engelhardts und anderer Offiziere seines Stabes im Hinblick auf »Siegfried« eher noch gestärkt.

»Seien Sie auf alle Fälle vorsichtig, Thomsen, sollten die beiden Ihnen nach Königsberg folgen. Nicht, daß jemand eine Handhabe bekommt und meint, er kann etwas drehen. Die Standgerichte sind dort ziemlich schnell bei der Sache und haben gut zu tun.« Trotz der lapidaren Bemerkung war die Sorge in Roloffs Stimme deutlich zu hören.

»Ich passe schon auf, Herr Kapitän!« versicherte ich ihm und wandte mich nunmehr dem dritten Mann zu, der mit uns in Roloffs Dienstzimmer saß. »Was haben Sie zu der Sache beizutragen, Herr Kapitän?«

Fregattenkapitän Bernhardi lächelte schmal. Er lächelte nie anders, das war ich von ihm gewöhnt. Er hatte kurz nach mir sein erstes Boot übernommen, mehrere Feindfahrten erfolgreich hinter sich gebracht und war dann einlaufend St. Nazaire bei einem Tieffliegerangriff auf die damals noch ungeschützten Schleusen auf dem Turm seines Bootes zusammengeschossen worden. Er hatte davon ein steifes Knie zurückbehalten und war dadurch nicht mehr U-Boot-tauglich. Zur Zeit diente er im Stab der 2. ULD in Gotenhafen, aber er hatte auch viel mit anderen Einheiten zu tun. Daß er heute hier in Berlin oder doch wenigstens in der Nähe der Hauptstadt war, hatte verschiedene Gründe. Ein paar davon gefielen mir, manche weniger.

»Es würde sicherlich ein paar Leute nervös machen, wenn Sie mit der Gestapo im Schlepptau auftauchen, Herr Thomsen. Es wäre besser, wenn Sie das vermeiden könnten.«

Roloff runzelte die Stirn. »Wollen Sie damit andeuten, Sie haben politisch Naßforsche in Ihren Reihen?«

»Pah!« Bernhardi winkte ab. »Wen auch immer Sie so zu titulieren belieben, Herr Kapitän. Fakt ist, daß es einige gibt, die überzeugte Nationalsozialisten und trotzdem nicht realitätsblind sind. Und die Realitäten besagen, daß wir die Deutschen aus dem Kessel holen müssen, bevor die Bolschewisten sich dort austoben.« Er lächelte, um seinen Worten die Schärfe zu nehmen. Es wirkte nicht. »Andere sind vielleicht politisch nicht engagiert, aber trotzdem gute Deutsche und ehrenhafte Soldaten. Der Löwe weiß, daß er sich auf seine Wölfe verlassen kann, in jeder Situation und auch über die Politik hinaus.«

»Worüber machen Sie sich dann Sorgen?« Ich sah ihn an. »Oder sollte ich fragen über *wen*?«

Er lehnte sich zurück. Natürlich war er nicht gänzlich aus eigenem Antrieb hier. Bernhardi war geschickt worden, und auch wenn seine Dienststelle die 2. ULD unter Kapitän von Neitzel war, so vermutete ich doch eher Fregattenkapitän Bleichrodt oder vielleicht sogar Kapitän zur See Schellong, den FdU Ost, hinter dem Besuch. Allerdings hatten wir nur Neitzel und Bleichrodt direkt involviert und andere wie Schellong und Bernhardi außen vor gelassen, weil für sie keine Einsatznotwendigkeit bestand. Denn weitere U-Boote mit in der Ausbildung befindlichen Besatzungen würden uns nicht unbedingt helfen, mehr Flüchtlinge aus Ostpreußen herauszubekommen. Aber … es gab ja immer etwas, das man nicht bedacht haben mochte.

Fregattenkapitän Bernhardi schüttelte leicht den Kopf. »Ich kann keine bestimmten Namen nennen. Natürlich gibt es einige Parteimitglieder auch unter den U-Boot-Fahrern, die möglicherweise ein paar Dinge anders sehen. Aber sie sind loyal. Was mir hingegen wirklich Sorgen macht, ist das Heer. Wir werden die Mitarbeit einiger Heeresoffiziere brauchen, allerdings gibt es da alte Ressentiments ...«

Ressentiments? Meine Seelords pflegten die Kameraden vom Heer als »Stoppelhopser« zu bezeichnen, wohingegen wir von der Marine bei denen unter der Bezeichnung »Fischköppe« liefen. Von einer ganz großen gegenseitigen Wertschätzung konnte nicht die Rede sein, selbst jetzt nach über fünf Jahren Krieg nicht.

»Sie glauben also, daß einige dieser Herren Muffensausen bekommen und eventuell quatschen könnten, wenn die Gestapo auftaucht?« Roloff sah Bernhardi ausdruckslos an.

Der Fregattenkapitän starrte Roloff und mich verdutzt an. »Mit Bestimmtheit nein. Im Gegensatz zu uns in Ostpreußen haben Sie offenbar noch nie mit Truppen zu tun gehabt, die mit der Ostfront zurückgenommen wurden. Die Männer sind seit dreiundvierzig teilweise ununterbrochen an der Front gewesen, gegen einen in jeder Hinsicht haushoch überlegenen Feind. Überhaupt zu überleben war für sie nur noch so etwas wie eine weit entfernte Hoffnung. Und als sie dann endlich zurückkamen und ein paar ihrer Kameraden, die die Schnauze gestrichen voll hatten, sich dünnemachen wollten, schlugen SS und Gestapo erbarmungslos zu. Die Stimmungslage bewegt sich jetzt irgendwo zwischen resigniert und bösartig. Die Frage ist daher nicht, ob da jemand mit der Gestapo redet, sondern besteht vielmehr darin, was passiert, wenn Ihre Schatten solchen Leuten dumm kommen oder gar auf die Zehen treten.«

»Sie meinen, jemand könnte auf die Idee kommen, meine beiden Anhängsel von der Geheimen Staatspolizei einfach umzulegen?« fragte ich zurück.

»Genau das! Fronterfahrung lehrt, daß ein Leben nicht viel wert ist, höchstens das eigene. Nur neigt die Gestapo nicht dazu, wenn sie selbst betroffen ist, solche Fälle auf sich beruhen zu lassen. Ein unverhoffter Abgang der beiden Gestalten würde daher mehr Aufsehen erregen, als uns allen lieb sein kann.«

Ich schloß für einen Augenblick die Augen. Das wurde ja immer schöner. Ich mußte also dafür sorgen, daß die beiden Idioten nicht auch noch abgemurkst wurden, weil ihr Dahinscheiden bei der Gestapo einen Riesenwirbel verursachen würde. Gar nicht einfach, denn besonders Unger war jemand, der einen Mann bis aufs Blut reizen und provozieren konnte.

Langsam öffnete ich die Augen wieder. »Also schön, Herr Bernhardi. Sie tauchen hier so mir nichts, dir nichts auf und erzählen uns, Sie wissen mehr oder weniger alles. Nun mal Butter bei die Fische, was haben Sie?«

Fregattenkapitän Bernhardi lehnte sich zurück. »Natürlich haben auch andere Stellen sich Gedanken gemacht. Sie wissen, wie das ist, man spricht hier, man spricht da. Man trifft sich ja immer wieder, in der Messe, beim Leistungssaufen oder auch dienstlich. Und was an der Ostfront passieren würde, haben die Spatzen bereits lange von den Dächern gepfiffen. Also haben ein paar Männer sich überlegt, was wäre wenn? Natürlich nie in der Größenordnung, wie Sie das hier tun.« Er zuckte mit den Schultern. »Sie wissen, wie das heutzutage ist, jeder versucht, einen Schritt schneller zu sein, bevor die Ereignisse ihn überrollen können. Einer redet mit dem anderen. Und natürlich standen Gotenhafen und Pillau im Mittelpunkt. Was auch sonst?«

»Wer?« Roloffs Stimme klang heiser.

Bernhardi winkte ab. »Keine Namen, jedenfalls jetzt noch nicht. Sagen wir, eine Gruppe von U-Boot-Männern. Wir haben uns umgehört, welche Schiffe wo lagen, welche Schiffe eventuell eingesetzt werden könnten, alles das. Natürlich ging es zuerst primär darum, unsere eigenen Leute in Sicherheit zu bringen. Aber mittlerweile stecken in Königsberg und Pillau bereits ein paar zehntausend Flüchtlinge. Und viele Trecks setzen sich jetzt erst in Bewegung, völlig unkoordiniert natürlich, denn der Gauleiter hat ja bisher jede Evakuierung untersagt.«

»Heißt das, er gibt sie nunmehr frei?«

Bernhardi schüttelte den Kopf. »Ich habe Königsberg vor drei Tagen verlassen. Da hörten wir, daß entlang der Ostfront die Dörfer erst im letzten Moment fluchtartig verlassen werden, mit oder ohne Erlaubnis.« Sein Gesicht verfinsterte sich. »Die Heerestruppen, die sich dem Feind entgegenstellen, kommen zum Teil kaum durch auf den verstopften Straßen. Ganze Flüchtlingstrecks werden von der Straße geschoben, um den Einheiten den Durchmarsch zu ermöglichen. Es muß grausam dort draußen zugehen.« Er sah uns fragend an. »Aber was wir auch taten, alle Schiffe waren blockiert, und große Mengen Brennstoff wurden von der Marine gehortet. Wir haben eins und eins zusammengezählt, und als Sie, Kapitän Thomsen, dann mit jemandem sprachen, der wiederum zu unserem Kreis gehört ...« Er ließ den Rest offen.

Es gab auch nicht soviel dazu anzumerken. Immerhin hatten wir offen vor ihm gesprochen. Der Mann wußte, was kochte. Ich lehnte mich zurück. Also gab es einen Kreis von U-Boot-Fahrern, die ohne Befehl ähnliche Dinge im Sinn hatten. Ein Tribunal außerhalb der normalen Befehlshierarchie! Einen Augenblick lang war ich unsicher. Man konnte ja nicht einfach im Krieg Befehle mißachten. Aber andererseits war es ja genau das, was wir hier taten. Möglicherweise taten wir es auf Befehl unseres Großadmirals, aber selbst dann wußten Roloff und ich schließlich ganz genau, daß der wiederum gegen die Befehle des Führers zu handeln gedachte.

Roloff bewegten andere Gedanken. »Und was hat Ihr Kreis, wie Sie ihn nennen, jetzt vor?« fragte er.

Bernhardi zuckte mit den Schultern und zeigte wieder sein übliches schmales Lächeln. »Das, meine Herren, hängt von Ihnen ab.«

»Inwiefern?«

Der Fregattenkapitän runzelte die Stirn. »Sie können nach Lage der Dinge kaum darauf hoffen, Befehle zu erteilen, und dann erwarten, daß diese treu und brav ausgeführt werden. Wir alle machen uns der Befehlsverweigerung schuldig, wenn wir Flüchtlinge evakuieren, nachdem der Gauleiter und der Führer selbst jede Evakuierung strikt verboten haben.« Er sah uns ernst an. »Bei Todesstrafe verboten, sollte ich hinzusetzen.«

Ich sah auf. »Was wollen Sie damit sagen?«

»Die Leute, die mich hierhergeschickt haben, wollen sichergehen, daß nichts nach außen dringt. Sie haben auch alle Familien, und wir wissen, was mit den von Stauffenbergs und den von Loringhovens geschehen ist.« Bernhardi verzog das Gesicht. »Sippenhaft, ab ins Lager.«

Ich war wie vom Donner gerührt. Alles, woran ich in diesem Augenblick denken konnte, waren Anke und die Kinder. Andere hatten über dergleichen offenbar schon eine Weile länger nachgedacht.

* * *

Die Ruine des Königsberger Schlosses ragte als dunkler Schatten gegen das Licht der untergehenden Sonne in die Höhe wie ein Mahnmal. Und irgendwie war es das auch. Seit ich im Spätsommer das letzte Mal hier gewesen war, hatte sich scheinbar nicht sehr viel verändert. Der zerbombte Stadtkern mit dem Schloß in der Mitte glich immer noch einer Ruinenlandschaft, die Menschen gingen ihrem Leben nach, und in den Straßen drängten sich nach wie vor Soldaten und schweres Gerät auf dem Weg zur Front.

Dennoch war manches anders geworden. Es war kalt, einfach saukalt. Der Winter 1945 brach jetzt schon Kälterekorde, besonders hier, so weit im Osten. Die Menschen in den Straßen trugen dicke Winterkleidung, und irgendwie gingen sie auch gebeugt, wie unter einer Last. Die Gewißheit dessen, was unvermeidlich kommen würde, nahm ihnen die Kraft.

Während Wolf den Kübel langsam auf der Suche nach unserem Ziel durch die Straßen steuerte, beobachteten Hubesch und ich von der Rückbank aus die Szenerie. Überall wimmelte es von Flüchtlingen, die nur noch das besaßen, was sie am Leibe trugen. Ein paar hatten kleine Handkarren oder Leiterwägelchen, auf die sie wie Luchse aufpaßten. In irgendwelchen Ecken brannten offene Kochfeuer, um die herum Familien mit ihren Kindern kauerten, müde und erschöpft. Es mußten Neuankömmlinge sein, die gerade erst eingetroffen waren, denn es gab verschiedene Organisationen vor Ort, die wenigstens versuchten, warmes Essen zur Verfügung zu stellen und eventuell sogar Unterkünfte. Aber die wollten die wenigsten Flüchtlinge. Die Mehrheit wollte nur eines – weiter nach Westen! Weg, so weit weg wie möglich von der Roten Armee, deren Rache für alles, was von Hitlerdeutschland in Rußland angerichtet worden war, fürchterliche Ausmaße angenommen hatte.

»Hören Sie es auch, Herr Kapitän?«

Ich lauschte. »Ja! Unheimlich, nicht wahr?« Unterschwellig mischte sich immer wieder ein entferntes leises Rumpeln zwischen die sonstigen Geräusche des Alltagslebens. Es war allgegenwärtig. Aber nachdem ich das Elend der Flüchtlingstrecks mit eigenen Augen gesehen hatte, bestätigte mich dieses Rumoren der fernen Abschüsse der russischen Artillerie in der Überzeugung, richtig zu handeln. Ich hatte einfach keine andere Wahl.

Vor zwei Wochen, als Bernhardi in Bernau im Hauptquartier so unverblümt die Gefahren angesprochen hatte, die sich mit unserem Vorhaben für sämtliche Familienangehörige verbanden, war ich schwankend geworden und hatte ernsthaft erwogen, mich aus der Geschichte auszuklinken. Roloff, der aus Wyk auf Föhr stammte, wo meine Frau mit den Kindern lebte, hatte mich, als er meine Zweifel bemerkte, kurzerhand über Weihnachten auf Heimaturlaub geschickt. Er wollte, daß ich mit Anke über die ganze Sache sprach, die, wenn sie schieflief, als Hochverrat geahndet werden würde. Das eigene Leben bei einem U-Boot-Einsatz zu riskieren war das eine, aber zu wissen, daß die Gestapo unter Umständen kommen würde, um einem das Liebste, was man hatte, wegzuholen, etwas völlig anderes.

Wir hatten lange und ausführlich miteinander gesprochen. Anke hatte natürlich all die Jahre Angst um mich gehabt. Tagtäglich das Eintreffen einer Dreisternemeldung befürchten zu müssen, mit der der Verlust eines U-Bootes angezeigt wurde, bedeutete eine ungeheure seelische Belastung für sie. Als ich dann Flottillenchef in Brest geworden war, hatte sich das für Anke etwas gelegt. Meinen Ausbruch mit einem U-Boot aus dem belagerten Stützpunkt* in quasi letzter Minute hatte sie zwar im nachhinein als puren Wahnwitz getadelt, aber immerhin hatte dieser Wahnsinn danach zu meiner Versetzung ins Oberkommando geführt, und das hätte sie eigentlich wieder beruhigen sollen, nur – das tat es nicht. Wir hatten geredet, aber eigentlich war mehr ich es gewesen, der ihr sein Herz ausgeschüttet, sich die ganze Angst vor der nahenden Katastrophe von der Seele geredet hatte. Und auch die Furcht vor dem Kriegsende und dem, was danach wohl folgen mochte. Am

---

* Siehe Erik Maasch: *Letzte Chance: U 112.*

Ende hatte sie eine Entscheidung getroffen ... und wenn ich Anke nicht sowieso schon geliebt hätte, ich hätte mich auf der Stelle in sie verlieben können. Weil man manchmal tun muß, was zu tun ist, und keine andere Wahl hat – und sie genau das verstand.

Meine Gedanken kehrten in die Gegenwart zurück, und die hieß Königsberg. Das ferne Grollen der Artillerie war nicht leiser oder lauter geworden. Es würde noch eine Weile so weitergehen, denn die Russen hatten im Augenblick anscheinend gar nicht vor, die Stadt selbst anzugreifen, sondern diese zunächst weiträumig zu umgehen und einzukesseln.

Andreas Wolf, unser Fahrer, bog ab, und ein Schild machte ersichtlich, daß wir uns auf dem »Universitätsplatz« befanden, an dessen Nordrand er den Wagen vor einem imposanten Gebäude zum Stehen brachte.

Wolf sprang heraus und riß den Schlag auf, während bereits zwei SS-Leute spornstreichs die Treppenstufen heruntergelaufen kamen. Gelassen stieg ich aus. Einer der beiden SS-Männer kam im Eilschritt auf mich zu. »Ihre Papiere bitte, Herr Kapitän!«

Ich griff in die Innentasche meines Mantels und zog Soldbuch, ständigen Marschbefehl et cetera hervor. Er kontrollierte die Dokumente sorgfältig und reichte sie mir zurück. »Verzeihung, Herr Kapitän, aber wir tun nur unsere Pflicht.« Ohne eine Erwiderung meinerseits abzuwarten, wandte er sich an seinen Kameraden. »Fregattenkapitän Thomsen, OKM, zur Lagebesprechung beim Gauleiter!«

Gelassen tippte ich an die Mütze und stieg bereits

die Stufen empor, als mich die Stimme des Wachpostens erreichte. »Ihre Männer können in der Küche einen Kaffee bekommen!«

»Danke!« Ich wandte mich kurz um und senkte die Stimme. »Wolf, hören Sie sich da mal ein bißchen um. Hubesch, Sie bleiben bei mir!«

Als uns das große Haus verschluckte, war es, als hätten wir eine andere Welt betreten. Irgendwelche Chargen wuselten geschäftig herum, SS-Offiziere und NSDAP-Ränge schlenderten einzeln oder grüppchenweise in der Halle herum, und überall standen SS-Wachtposten. Heeresoffiziere konnte ich nur ganz vereinzelt entdecken, und was Marineangehörige betraf, so schienen wir die einzigen hier zu sein. Auffallend aber war, wie adrett die meisten SS-Leute wirkten. Man sah ihnen förmlich an, daß sie noch nicht an der Front gewesen waren. Ihre Gesichter wirkten geradezu übertrieben frisch und rosig im Vergleich zu den grauen, kantigen Gesichtern der Frontoffiziere des Heeres. Jemanden, den ich den kampferprobten Einheiten der Waffen-SS zugeordnet hätte, die sich seit Monaten vom Kurskbogen, um jeden Meter Bodens verbissen ringend, hierher zurückgezogen hatten, sah ich nicht.

Ich nahm mir einen Augenblick Zeit, das Panoptikum täuschender militärischer Normalität zu betrachten. Selbst das Grollen der schweren russischen Artillerie drang nicht durch die Mauern des Gebäudes. Soweit es die Akustik hier betraf, schien es, als ob der Feind noch tausend Kilometer entfernt sei.

Als wir kurz darauf im ersten Stock im Lagezimmer eintrafen, war der Raum gerappelt voll, und die

Anwesenden lauschten gespannt des Ausführungen des Redners.

»... damit ist es den Russen gelungen, Ostpreußen abzuschneiden. Die Feste Königsberg jedoch wird dem bolschewistischen Ansturm so lange widerstehen, wie es notwendig sein sollte. Wenn es sein muß, bis zum Endsieg, meine Herren!« Der Sprecher, Gauleiter Koch, legte eine bedeutungsvolle Pause ein. »Ich dulde keine Schwäche, kein Nachgeben, kein Mitleid! Wie der Führer es selbst in seiner Rede vorige Woche hervorgehoben hat: Das deutsche Volk steht nun in seinem Schicksalskampf und muß ihn gewinnen, will es nicht sein rassisches Daseinsrecht für alle Zeit verlieren!«

Bei diesen Tiraden, die ja noch schlimmer waren, als ich es bereits erwartet hatte, drehte es mir fast den Magen um. In bewährter Marinemanier stellte ich daher meine Ohren auf Durchzug und wartete darauf, daß der militärisch relevante Teil der Lagebesprechung beginnen würde. Es dauerte eine Weile, bis es es soweit war und wir uns im Kreis um die großen Karten Ostpreußens gruppieren konnten. Gauleiter Koch, der offenbar Wichtigeres zu tun hatte, zog sich zurück, und General Lasch, der Stadtkommandant von Königsberg, erläuterte detailliert und ausführlich die einzelnen Truppenbewegungen, wobei das meiste für mich Heereschinesisch war.

Irgendwann blickte er auf, und sein Blick suchte Hubesch und mich, bevor er wieder in die Runde sah. »Die Marine verfügt über keine Einheiten, die direkt in die Kämpfe eingreifen können. Allerdings hat man uns zugesichert, daß man alles tun wird, um uns über

See zu versorgen.« Er räusperte sich. »Wie der Herr Gauleiter bereits betont hat, wird es keine Evakuierung geben. Ostpreußen und die Stadt Königsberg sind belagerte Festung, und es wird erwartet, daß jeder Deutsche zur Verteidigung beiträgt.« Sein Gesicht zeigte keine Regung. »Davon ausgenommen sind jedoch Einheiten, die an anderen Fronten gebraucht werden, und natürlich Verwundete.«

Mir war klar, der General hatte es nicht leicht und stand unter dem gleichen Druck wie alle anderen höheren Offiziere auch. Auf der einen Seite die Russen, die bereits jetzt Schrecken und Terror verbreiteten, auf der anderen Seite Partei, Gestapo und SS, die ihm und anschließend seiner Familie an den Kragen gehen würden, sollte er den Kessel nicht bis zum letzten Mann halten. Es gab wohl keinen, der ihn um seine Kommandostelle beneidete.

Lasch deutete mit ausgestrecktem Arm auf mich. »Fregattenkapitän Thomsen vom Stab des ObdM kann Ihnen zu diesen Maßnahmen mehr sagen.«

Ich räusperte mich. »Viel zu berichten gibt es darüber nicht. Wir werden nach Pillau und Gotenhafen transportieren, was nur geht. Beide Häfen sollten gemäß dem ursprünglichen Verteidigungsplan unbenutzbar gemacht und zerstört werden, aber diesen Schritt haben wir derzeit noch hintangestellt. Die Schiffe werden diese Häfen bis zum letzten möglichen Augenblick benutzen, um Nachschub anzulanden und Verwundete abzutransportieren.«

Einer der Heeresoffiziere, ein Major mit müden grauen Augen, sah mich prüfend an. »Und wann beginnt diese Operation?«

»Wir sind dabei, die letzten Schritte vorzubereiten.«

»Dann beeilen Sie sich mal schön, Kamerad«, sagte er mit unverhohlenem Spott. »Sonst sind die Roten vor Ihnen da.« Er deutete auf die Karte mit dem Durcheinander der vielen roten und blauen Pfeile. Allein schon die Anzahl der entsprechenden Fähnchen zeigte das tatsächlich existierende Kräfteverhältnis an. »Verwundete werden, sagen Sie, abtransportiert?« Seine Stimme wurde drängender. »Nur Verwundete, keine intakten Einheiten?«

»Ja, es sei denn, unsere Befehle werden geändert.«

Schweigen senkte sich über die Versammlung. *Nur Verwundete!* Jetzt hatte auch der letzte verstanden. Wir schrieben den 14. Januar 1945, der Endkampf war offiziell schon längst eingeläutet worden. Über den Ausgang gab es unter den hier Anwesenden keine Zweifel mehr, und es würde nicht das erste Mal sein, daß eine ganze Armee geopfert wurde.

»Ich verstehe«, sagte der Major bedächtig. »Und was werden, wenn ich das fragen darf, Ihre nächsten Stationen sein?«

»Zunächst geht es von hier aus wieder nach Gotenhafen und anschließend weiter nach Pillau. Die Bedeutung der beiden Häfen in Anbetracht der gegenwärtigen Lage habe ich Ihnen ja bereits benannt, Herr Major.«

»Und was heißt das für die Zivilbevölkerung?« fragte mich Lasch lauernd.

Die Frage hätte er mir besser nicht stellen sollen, denn darauf konnte ich ihm in dieser Runde natürlich keine offene Antwort geben. Ich bemühte mich, unbeteiligt dreinzuschauen. »Wir haben nur begrenzten Schiffsraum zur Verfügung, und den benötigen wir nun einmal für die Umsetzung unserer Befehle.«

Ich registrierte, wie verschiedene Heeresoffiziere Blicke miteinander wechselten. »In Königsberg und Umgebung befinden sich mehrere hunderttausend Flüchtlinge. Ich werde dem Gauleiter eine Evakuierung vorschlagen, weil diese Menschenmassen unsere Beweglichkeit schwer behindern«, erklärte der General mit von mir nicht erwarteter Deutlichkeit. »Hoffen wir also, daß er doch noch zustimmt und die Evakuierung dann Ihren Befehlen hinzugefügt wird, Herr Kapitän.« Seine höhnisch geschürzten Mundwinkel besagten mehr als seine Worte.

Daß ausgerechnet jetzt, nachdem so ziemlich alles zu spät war, von Heeresseite Wunder von den »Fischköppen« erwartet wurden, wurmte mich. Ich spürte den Zorn in mir aufwallen, aber ich unterdrückte ihn mühsam. Wunder benötigen eben manchmal auch Zeit, und wir würden noch zwei Wochen brauchen, um die Maschinen der großen Schiffe leidlich in Schuß und einigermaßen funktionstauglich zu bekommen. Der 30. Januar war der Stichtag für die beiden ersten Geleitzüge, denn länger zuwarten konnten wir wiederum auch nicht.

»Meine Herren, wir haben alle unsere Befehle, nicht wahr?« Aber ich wußte, wie leer diese Phrase klang.

* * *

Als wir Gotenhafen erreichten, hatte bereits wieder Schneefall eingesetzt. Kaum, daß Wolf den Kübel vor dem Stabsgebäude in Oxhöft zum Stehen gebracht hatte, machten wir, daß wir reinkamen ins Warme.

Fregattenkapitän Bernhardi begrüßte mich mit ernster Miene, als ich in sein Dienstzimmer kam. »Thomsen, gut, daß Sie da sind!«

»Probleme?«

»Allerorten! Ihre Sekretärin hängt noch in Pillau fest. Irgend etwas hat mit dem Transport nicht geklappt, der sie mitnehmen sollte.«

»Solange das alles ist, geht's ja noch. Ich nehme an, Sie haben sie ohnehin bereits auf die Liste gesetzt?«

Er schüttelte den Kopf. »Nein, das war leider nicht machbar. Ihre beiden Freunde von der Gestapo turnen hier irgendwo durch die Gegend. Sie waren vor ein paar Stunden auch hier und haben diverse Leute befragt: ob sie Sie kennen, wo Sie seien und dergleichen mehr.«

Ich pfiff schrill durch die Zähne. »Etwas Bestimmtes, oder haben die Brüder nur auf den Busch geklopft?«

»Letzteres, aber es hat dennoch gereicht, um bei dem einen oder anderen nervöse Irritationen auszulösen.«

»Und was folgt daraus?«

»Es wird ein Treffen geben, heute abend um acht.«

Ich sah auf die Uhr. »Viel Zeit bleibt mir dafür nicht gerade.« Nachdenklich blickte ich auf. »Aber was hat das alles eigentlich mit Fräulein Helfert und besagter Liste zu tun, Herr Bernhardi?«

Den dicksten Hammer hatte er sich bis zum Schluß aufgehoben. »Inspektor Unger hat sie vereinnahmt. Mein Schreiber arbeitete gerade daran, als die Gestapo-Figuren unangemeldet hereingeschneit kamen. Der Mann hat einfach nicht rechtzeitig und schnell genug geschaltet.«

Schwer ließ ich mich auf einen Stuhl fallen. »Das ist gar nicht gut!«

»Stimmt, und in Anbetracht der Lage wird man nachher auf existierende Befehle von oben bestehen, zur Absicherung. Sie wissen, wie es zugeht, Thomsen.« Bernhardi sah mich gequält an. »Wenn das nicht möglich sein sollte ...« Er brach ab.

Verstehend nickte ich. »Sollte dem nicht so sein, dann müßten die Herren selbst für sich eine Entscheidung treffen, und das schmeckt ihnen nicht.« Ein paar lange Momente starrte ich aus dem Fenster hinaus in die fallenden Schneeflocken und versuchte, meine Gedanken zu ordnen. Nicht passieren durfte es jedenfalls, daß gewisse Herren den toten Mann spielten, nur weil die Gestapo hier herumschnüffelte. Wir brauchten einen jeden von ihnen, denn Schiffe fuhren nicht ohne Besatzungen, Maschinenreparaturen gingen auch nicht von selbst weiter, und die Flüchtlinge an Bord zu nehmen würde ein Riesenproblem sein, wenn es nicht zu einem dann nicht mehr zu kontrollierenden Massenansturm auf die begehrten Plätze kommen sollte. Wie viele Menschen würden im äußersten Fall auf ein Schiff gehen, bevor die Grenze zur Kenterungsgefahr wegen Überladung erreicht war? Ein weiteres Mal mußte ich mir die Dimension klarmachen, mit der wir es dabei zu tun hatten. Beinahe zweieinhalb Millionen Menschen! Das war unvorstellbar. Nicht zum ersten Mal hegte ich mehr als gelinde Zweifel daran, daß wir einer Aufgabe dieser

Größenordnung gewachsen sein würden – aber es gab ja keine Alternative.

»Das geht klar, Herr Bernhardi«, sagte ich. »Zumindest wenn Sie dafür Sorge tragen, daß auch Fräulein Helfert von hier wieder wegkommt.«

»Gut. Ich werde veranlassen, daß die Dame mit Ihnen eine Passage auf einem der U-Boote bekommt. Die Zwoundzwanzigste wird ja ebenfalls abrücken. Das Abhauen mit irgendwelchen letzten Booten scheint ja mittlerweile ohnehin zu Ihrem Markenzeichen zu werden, Herr Thomsen.«

Alles, was ich tun konnte, war, ihn säuerlich anzusehen. »Schön, daß sich wenigstens einer amüsiert.« Ich rappelte mich von dem Stuhl auf. »Zeit, daß ich mal auf den Schiffen nachsehe, wie die Arbeiten vorangehen. Bevor ich es vergesse: Wo findet das Treffen heute abend eigentlich statt?«

Bernhardi gluckste amüsiert in sich hinein. »Bei Suzette. Sie sind mit den Örtlichkeiten vertraut?«

Nun mußte auch ich grinsen, denn das war ich nicht, aber gehört hatte ich von dem Laden natürlich schon. Suzette, obwohl aus dem Hessischen stammend, betrieb das Gotenhafener Offiziersbordell. Dergleichen gehörte zu einem Marinestützpunkt eben mit dazu. Ich konnte nicht anders, ich mußte lachen. »Da hat aber jemand gründlich nachgedacht. Wo sonst könnte eine derartige Anzahl Seeoffiziere ein und aus gehen, und nicht einmal die Gestapo denkt sich etwas Böses dabei?«

»So in etwa, Herr Kapitän.«

* * *

Auf dem ehemaligen Hilfskreuzer *Hansa* herrschte immer noch ein ziemliches Durcheinander, und an den beiden je 7600 PS starken Zweitakt-Dieselmotoren, die zum Zwecke der Überholung und Instandsetzung komplett auseinandergenommen worden waren, wurde wie wild herumgewerkelt. Aber die Schiffstechniker machten mir hinsichtlich der Sechszylindermaschinen nicht viel Hoffnung. Die hatten das »Rentenalter« längst überschritten, und daß sie bereits seit langer Zeit nicht mehr gelaufen waren, hatte ein Übriges getan. Sie waren Schrott, der noch einmal zum Laufen gebracht werden und etwa zwanzig Stunden durchhalten sollte. Ich spielte kurz mit dem Gedanken, Admiral Erhardt vorzuschlagen, die *Hansa* überhaupt nicht mehr einzusetzen, verwarf ihn dann aber sogleich wieder. Während in Pillau genügend Schiffsraum zur Verfügung stand, war Gotenhafen nur knapp bestückt. Über eine größere Aufnahmekapazität verfügten nur zwei Schiffe – die *Hansa* eben und das einstige Passagierschiff der NS-Organisation Kraft durch Freude, die *Wilhelm Gustloff*.

An Bord der *Gustloff* herrschte geordnetes Chaos. Die meisten der auf ihr untergebrachten Einheiten waren bereits in andere Unterkünfte umgezogen, und nur noch wenige der Kabinen waren belegt. Auch Wolf, Hubesch und ich hatten für die Dauer unseres Aufenthaltes hier Quartier bezogen, denn die *Gustloff* war ja das Wohnschiff der 2. U-Boot-Lehrdivision, bei der wir uns offiziell aufhielten. Groß Zeit gefunden, mir den Dampfer genauer anzusehen, hatte ich bisher allerdings nicht.

Korvettenkapitän Zahn empfing mich bereits an

der Stelling. Nach dem üblichen Zeremoniell, das sich in Anbetracht des Wetters auf einen kurzen Gruß zur Flagge hin und dem fluchtartigen Verschwinden hinter dem nächsten Schott verkürzte, gingen wir hinauf in Zahns Kammer. Wie immer erstaunten mich die Ausmaße dieses Schiffes. Über zweihundert Meter Länge, fünfundzwanzig Meter Breite und über 25 000 Tonnen Verdrängung! Das ehemalige Kreuzfahrtschiff war ein Koloß, vor allem, wenn man die etwas engen navigatorischen Verhältnisse in der Ostsee berücksichtigte.

Aber das war es nicht, was Kapitän Zahn bedrückte. Ich klopfte ihm auf die Schulter. »Nun mal raus damit, Herr Zahn! Sie machen ein Gesicht wie sieben Tage Regenwetter! Liegt's an der Maschinenanlage?«

»Die sollte halten, aber natürlich will ich nicht gerade ständig mit voller Kraft laufen, denn das wäre mir dann doch zu riskant. Dreizehn bis vierzehn Knoten dürften wir aber wohl als Marschfahrt durchhalten können.«

»Das ist schon mal nicht schlecht. Aber wenn es nicht der Antrieb ist, was dann?«

Zahn schob mir wortlos einen Ordner mit Fernschreiben zu und ging zu einem Schrank, um eine Flasche Danziger Goldwasser rauszukramen. Ich ließ mich in einem seiner Sessel nieder und begann zu blättern. Zuerst verstand ich gar nicht, worum es ging. Da gab es Fernschreiben vom Amt für Arbeit, der Deutschen Arbeitsfront, kurz DAF, und der von ihr gegründeten Kraft-durch-Freude-Organisation, KdF, der ja die *Gustloff* formal immer noch gehörte, auch wenn sie 1939 als Lazarettschiff der Reichsmarine übergeben worden war. Seit November 1940 lag sie nun hier in Oxhöft als Wohnschiff.

Ich blickte auf. »Was soll das alles?«

»Das möchte ich auch gerne wissen.« Zahn füllte zwei Gläser und schob mir eines zu. »Zum Wohl, Herr Kapitän.«

Wir kippten die Kurzen, und ich blätterte wieder durch die Funksprüche. »Da glaubt wohl jemand, nur weil die *Gustloff* klargemacht wird, das Gras wachsen zu hören.«

Korvettenkapitän Zahn nickte. »Kapitän Peters, der frühere Kapitän der *Gustloff*, ist uns avisiert worden.«

»Zu wann?«

Ich sah Zahn fragend an, aber der Kommandant der *Gustloff* zuckte nur mit den Schultern. »Darüber schweigt man sich aus. Wahrscheinlich kreuzt er genau dann auf, wenn er hier am meisten im Weg ist, Herr Thomsen.« Er füllte die Gläser nach. »Wollen Sie das Schiff besichtigen?«

»Gerne, soviel Zeit muß sein.« Schmunzelnd hob ich das Glas. »So jung kommen wir kaum wieder zusammen, Prost, Herr Kapitän!«

Zahn hob ebenfalls sein Glas. »Prost, Herr Kapitän!« Simultan kippten wir den Gewürzlikör runter. Dann erhoben wir uns und verließen Wilhelm Zahns Kammer, um uns das Schiff anzusehen.

Unser Weg führte uns durch die Decks nach unten. Das Schiff war ausschließlich für Kreuzfahrten konzipiert und gebaut worden, und als es später zum Lazarett- und danach zum Wohnschiff umfunktioniert wurde, waren die meisten der über sechshundert Kabinen erhalten geblieben, jede ursprünglich für zwei oder vier Personen ausgelegt. Alles in allem war die *Gustloff* offiziell einst für vierhundertsiebzehn Besatzungsmitglieder und eintausendvierhundertvierundsechzig Passagiere gedacht gewesen. Doch was bedeutete schon offiziell in einer Situation wie dieser! Wir wußten beide, daß bereits über sechstausend Menschen auf der Liste für die *Gustloff* standen und mehr als viertausend auf der für die *Hansa*. Und mit jeder Stunde wurden die Listen länger und länger.

Korvettenkapitän Zahn sah mich an. »Wie viele werden es wohl letztlich sein?«

»Ich weiß es nicht«, bekannte ich und sah mich in dem großen Schwimmbad um. Seit vier Jahren war kein Wasser mehr in das große Becken gelassen worden, und das gesamte Umfeld wirkte etwas schmuddelig. Obwohl es nicht viele Umbauten gegeben hatte, war die *Gustloff* dennoch nicht mehr das strahlende Kreuzfahrtschiff von einst. Auch an den Kabinenwänden hatte die Anwesenheit der Marine ihre Spuren in Form von eingeritzten Sprüchen und Schweinigeleien hinterlassen. »Sie werden etwa neunhundert Mann von der Zweiten ULD an Bord haben, dazu rund dreihundertfünfzig Marinehelferinnen, ferner sind bisher etwas über zweitausend Verwundete angekündigt worden und etliche tausend Flüchtlinge. Wer zuerst kommt, mahlt zuerst.«

Auch Zahn sah sich um, nahm die stille Traurigkeit des verlassenen Schwimmbades in sich auf. Es war wirklich schwer vorstellbar, daß hier nur ein paar Jahre zuvor lärmende Kreuzfahrtgäste ihren Spaß gefunden hatten. Leichter war es, sich auszumalen, was an Bord ablaufen würde, wenn die ganzen Menschenmassen auf das Schiff kamen. Er hob plötzlich den Kopf. »Ich werde die Marinehelferinnen hier unten unterbringen, etwas isoliert von den Männern, wenn Sie verstehen ...«

»Ziemlich tief unten, aber irgend jemand muß ja hier runter.«

»Dafür sind sie vor Belästigungen sicher.«

»Das mag ein Vorteil sein.« Ich zuckte mit den Schultern. »Es wird hier zugehen wie bei den Hottentotten.«

Wilhelm Zahn zögerte. »Wenn alle Personen der Liste an Bord sind und noch Platz ist ... und irgendwo ist ja immer noch ein bißchen Platz, was dann?«

»Dann nehmen Sie so viele mit wie irgend möglich.« Ich senkte die Stimme, obwohl niemand in der Nähe war. »Es wird neue Befehle geben, Herr Kapitän. Die Flüchtlinge, die bisher auf der Liste stehen, haben alle irgendwelche Kontakte, wenn Sie verstehen, was ich meine. Ansonsten handelt es sich um Militärpersonal.«

Der Korvettenkapitän musterte mich ausdruckslos, offenbar hatte er bereits damit gerechnet, was ablaufen würde. »Es wird einen Evakuierungsbefehl geben? Doch sicher nicht von der Gauleitung, die ...« Er stockte. »O nein, sagen Sie nicht, wir machen das auf eigene Faust!«

Ich schüttelte den Kopf. »Sie bekommen Befehle und befolgen sie.« Eindringlich sah ich ihm in die Augen. »Niemand wird Sie dafür belangen können.«

»Daran hatte ich nicht gedacht!« Zahn wandte

den Blick ab. »Es wird Zeit, daß jemand etwas unternimmt.«

Ich schlug ihm auf die Schulter. »Wir alle werden tun, was in unseren Kräften steht.« Auffordernd deutete ich zum nächsten Niedergang. »Dann mal weiter, Herr Zahn. Die Maschinenräume, wenn es recht ist!«

Als ich drei Stunden später die *Wilhelm Gustloff* verließ, hatte ich zumindest das Gefühl, daß alles getan wurde, was möglich war. Ein kurzer Blick in Hubeschs Handunterlagen überzeugte mich, daß wir mit der *Gustloff* im Plan lagen. Nur die *Hansa* hinkte hinterher. Hoffen und beten, das war mal wieder alles, was wir tun konnten. Aber wenn der ehemalige Hilfskreuzer nicht gerade völlig im Eimer und noch einigermaßen hinzubekommen war, dann würde er, genauso wie die *Gustloff*, am 29. von Oxhöft an eine Behelfspier im zivilen Hafen von Gotenhafen verlegen und mit der Beladung beginnen.

* * *

Es war bereits ein paar Minuten nach acht, als ich endlich die Klingel an Suzettes Etablissement drückte. Ein furchteinflößend aussehender Türsteher im Format eines Kleiderschranks empfing mich vor einem Hintergrund aus rotem Plüsch. Sein grimmiger Gesichtsausdruck hellte sich zu etwas auf, das wahrscheinlich ein serviles Lächeln darstellen sollte, als er meine Uniform erkannte. »Guten Abend, Herr Kapitän!«

»Guten Abend!« Ich trat ein und blieb etwas unsicher stehen, da mein Erfahrungsschatz in Sachen

Bordellbesuch eher kümmerlich war. Nur war ich ja auch nicht deswegen hier.

»Madame Suzette befindet sich im großen Salon«, sagte der Riese, und ich trat zielstrebig durch die Tür, auf die er gedeutet hatte.

Eine Wolke aus Parfumdunst, leise Musik und knapp bekleidete junge Damen empfingen mich. Auch hier herrschte roter Plüsch vor, wahrscheinlich noch Vorkriegsware, und die gesamte Räumlichkeit war auf edel getrimmt. Eines der Mädchen erhob sich von einem Sofa, nicht ohne ein Paar nahezu endlos langer Beine zur Schau zu stellen, und schlenderte auf mich zu. Mit einem Lächeln, das wahrscheinlich kokett sein sollte, blickte sie zu mir auf. »Na, Kapitän, auf der Suche nach etwas Entspannung?«

Ich grinste. »Nicht jetzt gleich.« Interessiert sah ich mich um. Eine der »Damen«, die nicht mehr so ganz taufrisch und dafür etwas geschlossener gekleidet war, schickte gerade eines der Mädchen los. Wohin auch immer. Entschlossen trat ich auf die Frau zu. »Madame Suzette?«

Sie sah mich an. »Oh, wie schön, ein neues Gesicht! Willkommen in Gotenhafen, Herr Kapitän!« Ihr unüberhörbar hessischer Dialekt paßte zu dem vorgetäuschten französischen Flair des Stützpunktpuffs wie die Faust aufs Auge.

»Ist Kapitän Bernhardi schon da?«

Der gelangweilte Blick wurde plötzlich schärfer. »Wir geben grundsätzlich keinerlei Auskünfte über unsere Gäste, Herr Kapitän. Schon aus Geschäftsprinzip.«

In dem Gewerbe mochte das durchaus üblich sein,

bildete aber in diesem Augenblick ein Hindernis, das ich nicht vorhergesehen hatte. Ich bemühte mich, ein ausdrucksloses Gesicht zu wahren. »Aber wenn er hier wäre, könnten Sie ihm wahrscheinlich ausrichten lassen, daß Fregattenkapitän Thomsen hier ist?«

Ihr Zögern konnte ich verstehen. Irgendwo in den Tiefen dieses Hauses saß eine Gruppe Marineoffiziere zusammen und heckte etwas aus, das garantiert nichts mit außerehelichen Vergnügungen zu tun hatte. Wenn jemand Falsches von dem konspirativen Treffen Wind bekam, dann war sie mit dran. Kein Hahn würde in diesem Falle nach einer alten Puffmutter krähen. Es dauerte eine halbe Ewigkeit, bis sie endlich nickte. »Das könnte ich tun.«

»Dann seien Sie bitte so nett. Ich warte so lange.«

Sie winkte eines der Mädchen zu sich. »Claudia, bring dem Herrn Kapitän ein Glas Champagner auf Kosten des Hauses.«

Sie verschwand irgendwo im Hintergrund, und besagte Claudia führte mich in einen Nebenraum, damit ich dem normalen Geschäft nicht störend im Wege stand. Augenblicke später kehrte sie mit einem Glas Champagner zurück. Schweigend nippte ich daran. Es gab so vieles, woran ich zu denken hatte.

Aber mir blieb nicht viel Zeit. Suzette kam zurück, und Claudia entfernte sich sofort wieder ohne ein Wort. »Folgen Sie mir!« forderte die Hessin mich auf.

Der Weg führte zwei Treppen hoch. Im oberen Stock klopfte Suzette an eine der Türen am Ende des Ganges und öffnete sie, noch bevor jemand »Herein!« rief.

Ich trat an ihr vorbei. Der Raum, der normalerweise wohl anderen Zwecken diente, war voll mit Seeoffizieren. Ein paar kannte ich persönlich, den einen oder anderen hatte ich zumindest schon mal gesehen. Die Vertreter der U-Boot-Waffe waren eindeutig in der Überzahl.

Bernhardi erhob sich von einem Stuhl in der Nähe des breiten französischen Bettes. »Wir haben Sie bereits erwartet.« In seiner Stimme schwang ein leiser Vorwurf mit.

»Es gab eine kleine Verzögerung.« Ich sah auf die Uhr, es war Viertel nach acht. »Ich wollte unter allen Umständen sichergehen, daß keiner der Herren von der Gestapo an meinen Fersen hängt. Das dürfte ja wohl auch in Ihrem Sinne gewesen sein.«

Ein Kapitän zur See kam um das Bett herum und reichte mir die Hand. »Das versteht sich von selbst, Herr Kapitän.« Die restlichen Anwesenden saßen bisher nur schweigend da, mich gelassen beobachtend, wie sie dies auch mit Stürmen im Atlantik, Geleiten vor der afrikanischen Küste und Eisbergen im Nordmeer nicht anders taten. Sobald es galt zu handeln, dessen war ich mir sicher, würde ein jeder von ihnen reaktionsschnell und entschlossen zur Stelle sein.

»Soviel ich von Fregattenkapitän ...«, hob ich an, doch der Kapitän winkte sofort ab. »Keine Namen, wenn ich bitten darf. Sollten die Wände wider Erwarten Ohren haben, dann wollen wir es heimlichen Lauschern nicht zu einfach machen.«

Na gut! Ich nickte. »Einverstanden. Soweit ich also vernommen habe, gibt es Irritationen wegen der Gestapo-Beamten, die hier herumschnüffeln.«

Der Vierstreifer verzog das Gesicht. »Die Leute

können einen nervös machen, und hinzu kommt, daß in Königsberg und Umgebung die SS ziemlich stark ist. Der Herr Gauleiter scheint gewillt zu sein, die Festung Königsberg bis zum letzten Mann zu halten.«

»Solange *er* nicht der letzte Mann ist, richtig?« Ich grinste freudlos. »Wie es heißt, hat er den Eisbrecher *Ostpreußen* zurückgehalten.«

Ein hoch aufgeschossener Kapitänleutnant rappelte sich von der Bettkante auf und nickte in die Runde. »Er liegt im Augenblick in Pillau und wird von der SS bewacht.« Er trat ganz nahe an mich heran und flüsterte mir zu: »Kapitänleutnant Mücke, Herr Kapitän, Kommandant von *U 6*.« Mein verdutztes Gesicht amüsierte ihn sichtlich. »Wenn die Gestapo anfängt, U-Boot-Fahrer zu verhaften, bin ich sowieso dabei.«

»Kamerad, Sie sollten die Dinge etwas ernster nehmen«, mahnte der Kapitän zur See und setzte für mich erläuternd hinzu: »Er wollte die beiden Herren als Spione festnehmen lassen, als sie sein Boot ohne Erlaubnis betraten.«

Ich erinnerte mich. Bei meinem ersten Besuch in Gotenhafen hatte ich natürlich auch die Einrichtungen der 2. U-Boot-Lehrdivision besichtigt, *U 6* eingeschlossen, das Übungsboot der 2. ULD. Hinterher hatten dann Unger und Kowalski überall herumgeschnüffelt, auch auf dem U-Boot. Es schien ihr Konzept zu sein, so lange irgendwo auf den Busch zu klopfen, bis sie irgendwo eine weiche Stelle fanden.

»Das war mutig, aber nicht sehr weise, Herr Kaleu!«

»Wenn zwei Gestalten in Zivil sich Zutritt zu meinem Boot verschaffen, ohne vorher zu fragen, dann …«

Mücke zuckte vielsagend mit den Schultern. »Militärischer Sicherheitsbereich, nicht wahr?«

Im Grunde hatte er recht, nur war es wahrscheinlich töricht gewesen, sich mit der Gestapo anzulegen. »Wenn es irgendwann Ärger geben sollte, wird sich Unger garantiert an Sie erinnern, denn dafür ist er genau der Typ.«

Ein Korvettenkapitän, der zur Zwoundzwanzigsten gehörte, meldete sich per Handzeichen zu Wort. »Damit wären wir ja wohl nun beim Thema, Herr Kapitän. *Wenn* es Ärger gibt! Den könnte es geben, und zwar mächtig, denn unser gegenwärtiges Handeln steht im Widerspruch zu den Befehlen der Gauleitung. Wenn es aber neue Befehle aus Berlin gibt, sieht alles natürlich wieder ganz anders aus.«

Schweigen senkte sich über den Raum, und aller Augen richteten sich erwartungsvoll auf mich. Ich räusperte mich. »Die Befehle werden kommen. Sie haben ja mitgekriegt, daß hinter den Kulissen einiges los ist.«

»Deshalb wurden wir ja darauf aufmerksam, daß die Lunte von beiden Seiten brennt«, bekannte Bernhard.

»Netter Vergleich!« Der Kapitän zur See runzelte die Stirn. »Sie haben Schiffe, wir die Leute vor Ort. Ist es das, worauf Sie hinauswollen?«

»So ungefähr. Die *Wilhelm Gustloff* und die *Hansa* werden klargemacht. Die T-Flottillen haben bereits Anweisungen erhalten, Sicherungsfahrzeuge bereitzustellen.« Im Hintergrund nickten ein Kaleu und ein Korvettenkapitän, Kommandanten von Torpedobooten, wie ich annahm. »Das Hauptproblem wird darin bestehen, daß es nahezu unmöglich sein dürfte, den

Flüchtlingsansturm auf das gesamte Hafengebiet wie die Schiffe auch nur einigermaßen unter Kontrolle zu halten.«

»Auf der *Gustloff* selber wird es wohl kaum zu einem Chaos kommen«, erklärte Bernhardi. »Wir haben beinahe tausend Mann von der ULD an Bord, die sollten ausreichen.«

»Und auf dem Hafengelände selbst?«

»Es gibt hier kein Marinebataillon«, fuhr der Fregattenkapitän fort. »Nur eine Marineartillerieabteilung, aber die sitzt östlich von Königsberg fest. Was wir hingegen haben, ist Infanterie, ein Bataillon der Vierten Armee.«

»Heer?« fragte ich gedehnt, als ob ich es nicht gewußt hätte.

»Gegen den kommandierenden Major läßt sich nichts sagen. Seine Truppe hat sich seit ihrem Ausbruch aus einem der vielen Kessel auf dem Rückzug und in ständigem Einsatz befunden.«

»Was will er? Wir können ja wohl kaum intakte Truppenteile evakuieren.«

»Ihm ist daran gelegen, seine Verwundeten rauszubekommen. Ich habe ihm gesagt, garantieren könnten wir es ihm nicht, aber wir werden es versuchen.«

»Daraus schließe ich, es gibt bereits so etwas wie eine Vereinbarung?«

Der Kapitän zur See mit den vier Streifen nickte. »Ja, die gibt es. Wir haben daher das Gros seiner entsprechenden Leute auf die Verwundetenliste der *Hansa* gesetzt.«

»Gut, soweit einverstanden, denn das sichert uns in Gotenhafen ab. Wie sieht es in Pillau aus?«

»Kein Problem bei uns«, meinte der Korvettenkapitän von der Zweiundzwanzigsten. »Wir können sowohl die Besatzungen der Boote als auch das Stützpunktpersonal einsetzen. Mein Flottillenkommandeur hat mich jedoch gebeten, auf den schlechten Allgemeinzustand der Flüchtlinge und speziell der Kinder hinzuweisen. Es könnte sich als notwendig erweisen, sie bereits während der Überfahrt zu verpflegen.«

»Und wie stellt er sich das vor?« fragte ich.

»Gar nicht, Herr Kapitän, denn er weiß natürlich auch nicht, wie das gehen sollte. Das Geleit, das in Pillau zusammengestellt wird, besteht aus Frachtern mit kleinen Kombüsen und ohne entsprechende Lebensmittelvorräte. Die ganze Fahrt soll ja auch nur eineinhalb Tage dauern, nicht einmal ganz.« Er zuckte ratlos mit den Schultern. »Unser Flottillenarzt hat nur per Augenscheinnahme festgestellt, daß die Mehrheit der Flüchtlinge, die seit Tagen ununterbrochen unterwegs gewesen sind, völlig ausgehungert ist und Unterkühlungserscheinungen aufweist. Die allermeisten Kleinkinder sind zudem dehydriert.«

»Moment mal!« Ich sah ihn an. »Daß Sie einen Arzt haben, ist ja schon mal nicht schlecht.«

»Ja, aber ...«

Ich winkte ab. »Ich weiß, er hat nicht die notwendigen Mittel, aber er kann zumindest auflisten, was aus medizinischer Sicht außer Lebensmitteln sonst noch benötigt wird. Dann versuche ich beizubringen, was möglich ist.«

»Noch lieber wäre es mir«, sagte der Kapitän zur See, »Sie brächten die offiziellen Befehle bei, denn ansonsten fällt die ganze Aktion im wahrsten Sinne des Wortes ins Wasser. Haben wir uns in diesem Punkt verstanden?«

Ich wich seinem Blick nicht aus. »Völlig, Herr Kapitän!« Mir war klar, er würde seinen Leuten keine Befehle erteilen, die einen Konflikt mit der SS und der Gestapo hervorrufen würden. Die Angst vor der Sippenhaft steckte auch ihm in den Knochen. Sobald allerdings der Löwe für die Sache geradestand, würde er sich nicht verweigern. Und wir brauchten ihn, denn er war immerhin der FdU Ostsee. Hoffentlich würden Roloff und Dönitz das auch so sehen. Es war ein Tribunal, das hier im Puff tagte, und es hatte entschieden, nichts weiter ohne ausdrücklichen Befehl von höchster Stelle der Marine zu tun. Das war die Situation.

* * *

»Wir müssen zusehen, daß die Befehle so spät wie möglich rausgehen, Thomsen.« Obwohl die Telefonverbindung nicht besonders war, so war dennoch die Besorgnis in Roloffs Stimme deutlich herauszuhören. »Nicht, daß uns jemand dazwischenfunkt.«

»Ich weiß.« Mißmutig sah ich aus dem Fenster. »Hubesch und Wolf werde ich auf alle Fälle nach Pillau schicken, damit sie sich dort zusammen mit Fräulein Helfrich einschiffen. Ich selbst bleibe noch, weil mir hier vor Ort die Probleme am größten erscheinen. Aber sprechen Sie mit Dönitz! Er muß die Entscheidung treffen. Ohne einen Befehl von oben geht hier gar nichts.«

»Ich weiß, ich weiß.« Kapitän Roloff schien ob dieser neuerlichen Anmahnung alles andere als begeistert zu sein. »Was ist mit der Operation ›Siegfried‹?«

»Es könnte sein, daß wir eine andere Option haben.«

»Und die wäre?«

»Der Gauleiter hält einen Eisbrecher für seine eigene Flucht zurück. Sollte es einen Evakuierungsbefehl geben, ist er auf unseren guten Willen angewiesen, denn ansonsten könnten wir von der Marine vielleicht sein privates Rettungsboot schlicht und einfach requirieren.«

Für einen Augenblick herrschte Stille. Dann räusperte sich Roloff mühsam. »Sie wollen ihn erpressen? Sie sind mir vielleicht einer, Thomsen!«

»So wie ich das sehe, sind Plätze auf Schiffen hier demnächst Gold wert, Herr Kapitän.«

»Trotzdem!« Roloff klang noch nicht überzeugt. »Wie wollen Sie an ihn herankommen?«

»Das könnte in der Tat spannend werden. Aber wollen Sie das wirklich wissen?«

»Wenn Sie schon so fragen, wahrscheinlich nicht.« Der Kapitän zögerte. »Aber riskieren Sie nicht zuviel, Thomsen.«

»Und Sie kümmern sich um die Befehle?« hakte ich nochmals unerbittlich nach. »Ohne die sind wir nämlich sonst aufgeschmissen.«

»Ich werde das dem Admiral vortragen, mehr kann ich nicht versprechen.« Er zögerte kurz. »Tut mir leid.«

Frustriert schnitt ich eine Grimasse. »Tun Sie einfach, was Sie können, Herr Kapitän!«

»Es ist nicht so einfach, der Führer ...«

»Der Führer, der Führer … bloß ist der nicht hier in Ostpreußen, von Russen umzingelt. Der verdammte Kessel ist zu, Herr Kapitän, verstehen Sie? Keiner weiß genau, was das Heer plant, ich glaube, sie werden versuchen, den Kessel wenigstens für eine kurze Zeit aufzubrechen. Aber das wird nicht reichen.« Ich holte tief Luft. »Verzeihen Sie, Herr Kapitän.«

Roloff klang bedrückt. »Ich weiß, es war nicht so gemeint. Sie sagen also, wenn wir nicht bald etwas tun, brauchen wir gar nichts mehr zu tun.«

»In der Zwischenzeit ist das russische Massaker von Nemmersdorf zu einem allgemeinen Begriff geworden, und die Panik grassiert. Darum geht es. Niemand weiß, ob das, was die Propaganda über die Greueltaten von dort kolportiert, wahr oder gelogen ist, aber es interessiert auch niemanden. Führen Sie das bitte dem Großadmiral klar vor Augen.«

»Mache ich! Und Sie sehen zu, daß Sie im Sinne der Sache weitermachen. Was nichts daran ändert, daß ich Sie mit dem ersten Geleit raushaben will, Thomsen. Haben wir uns in diesem Punkt verstanden?«

»Voll und ganz, Herr Kapitän! Ich warte dann also nur noch die Befehle aus Berlin ab!«

Wir beendeten das Gespräch, doch ich starrte danach den Apparat noch eine Weile hilflos an. Berlin schien in diesen Augenblicken unendlich weit entfernt zu liegen.

* * *

Ein paar Tage vergingen, und die Russen rückten näher. Nach und nach schloß sich die schmale Landbrücke über das Frische Haff, und die ersten Truppen der Roten Armee erreichten die Ostsee bei Elbing. Die Verbindung mit dem Rest des Reiches kam mehr oder weniger zum Erliegen, als die Telefonleitungen unterbrochen wurden. Von da an waren wir ausschließlich auf den langsamen Funkverkehr angewiesen, was zudem den Nachteil hatte, daß ich bei meinen Morsesprüchen, die ebenfalls über die Funkstelle gingen, nie sicher sein konnte, wer mitlas.

Zu hören, daß Unger und Kowalski immer noch aktiv waren, bildete keine Überraschung für mich. Eher beiläufig hatte Hubesch erwähnt, daß sie sich in Pillau herumgetrieben hatten. Trotzdem rechnete ich nicht mehr damit, daß sie noch groß irgend etwas würden unternehmen können. Ein fataler Irrtum, wie ich noch erfahren sollte.

Militärisch hatte der Feind offensichtlich die Hafenanlagen von Gotenhafen verstärkt ins Visier genommen, als ob die nicht schon zerbombt genug waren! Es handelte sich dabei um englische Jagdbomber, die diese Angriffe flogen.

Ansonsten befand sich für mich alles in einem seltsamen Schwebezustand. Ohne die entsprechenden Befehle würden die Schiffe nicht auslaufen können, was aber nichts daran änderte, daß die Vorbereitungen wie geplant weiterliefen, aber das funktionierte auch ohne mein Zutun. Alles, was ich tun konnte, war, Meldungen entgegenzunehmen, über erfolgte Reparaturarbeiten, über dieses oder jenes, das verladen worden war, über alles Mögliche, was fehlte. Letzteres würde sich aber kaum noch ändern lassen.

»Herr Kapitän, zwei Herren wollen Sie sprechen!«

Die Marinehelferin, die mir Bernhardi als Schreibkraft zur Verfügung gestellt hatte, sah mich mitleidig an. »Zwei Herren von der Gestapo …« Sie kam nicht dazu, den Satz zu beenden, denn Unger schob sie rücksichtslos zur Seite.

Ich sprang auf. »Was bilden Sie …«

Kowalski zog seine P 38, während Unger mich hämisch angrinste. »Auf Anweisung des Volksgerichtshofs in Berlin sind Sie hiermit verhaftet, Fregattenkapitän Thomsen.«

Draußen auf dem Gang hörte ich jede Menge schwerer Tritte nahen, was nur bedeuten konnte, daß die beiden nicht allein gekommen waren.

Unger schien mein Zögern falsch zu deuten, vielleicht aber war ihm auch nicht ganz wohl in seiner Haut, denn immerhin nahm er gerade einen Marineoffizier auf Marinegelände fest. »Machen Sie keinen Ärger, Thomsen!«

Ich riß mich zusammen. »Haben Sie einen Haftbefehl?«

»Der Volksgerichtshof braucht keine Haftbefehle. Die Anklage lautet auf Verrat, aber das können Sie sich ja sicher denken.« Er wandte den Kopf zur Tür und bellte: »Abführen!«

Gleich ein halbes Dutzend SS-Männer in schwarzen Uniformen stürmte zur Tür herein und umringte mich. Meine Arme wurden auf den Rücken gebogen, und Handschellen klickten. Die Marinehelferin schaute entsetzt zu.

In meinem Kopf rasten Gedanken wild durcheinander: Irgend jemand hatte geredet – zu viele Leute waren eingeweiht –, das war es dann wohl mit der

Evakuierung – aber was würde aus Anke und den Kindern, wenn man mich hier an die Wand stellte?

Grob wurde ich aus dem Stabsgebäude gezerrt und auf die Ladefläche eines Lasters verfrachtet. Die SS-Männer nahmen auf der Pritsche Platz, und einer ließ die Plane herunter. Ab ging die Fahrt, und ich hatte nicht die geringste Ahnung, wohin.

Volksgerichtshof! Das war auch so ein Schreckenswort. Dieses Sondergericht verhandelte die Fälle von Hochverrat und was darunterfiel, wie Wehrkraftzersetzung oder Desertion. Das Urteil lautete fast immer auf Tod durch Erschießen, und die Exekution erfolgte meist umgehend. Ich fühlte eine Scheißangst in mir aufsteigen.

Die Fahrt dauerte lange, keiner der SS-Männer sprach ein Wort. Harte, verschlossene Gesichter umgaben mich, und die meisten davon waren jung, erschreckend jung. Kein Zweifel, diese Milchbubis würden mich jederzeit ohne zu zögern umlegen, wenn sie den Befehl dazu erhielten. So also sah das neue Deutschland aus, für das wir fünf Jahre lang gekämpft hatten!

Endlich kam der Wagen mit einem Ruck zum Stehen. Befehle wurden gebellt, Hacken knallten, die Plane wurde hochgeschlagen. »Aussteigen!«

Verdutzt blinzelte ich in die plötzliche Helligkeit. Das Gebäude, vor dem wir hielten, war mir völlig unbekannt, aber es mußte sich irgendwo in Königsberg befinden, denn im Hintergrund sah ich die Ruine des Schlosses.

»Raus mit dir!« Ein Stoß mit einem Gewehrkolben verlieh der Forderung Nachdruck. Bedingt durch die

Handschellen knallte ich hilflos von der Pritsche auf das harte Pflaster, und ein rasender Schmerz schoß durch meinen Körper. Die Männer rissen mich hoch und zerrten mich ins Innere des Baus. Es ging eine Treppe hinunter und in den Keller. Eine Stahltür wurde aufgerissen, und ich fand mich in einer kahlen Zelle wieder. Ich wandte mich um, wollte fragen, was das alles sollte, aber da traf mich schon der erste Schlag in den Magen. Vornübergebeugt rang ich verzweifelt nach Luft. Weitere gemeine Schläge trafen mich, und ich konnte nicht einmal die Hände nach oben reißen, um mich zu schützen, denn die waren auf meinen Rücken gefesselt. Auf meiner Zunge machte sich der Geschmack von Blut breit, aber das spürte ich nur noch am Rande. Die SS-Zöglinge bearbeiteten mich mit der kalten Professionalität von Folterknechten, bis Bewußtlosigkeit mich von den Schmerzen gnädig erlöste.

Als ich erwachte, war es dunkel und kalt. Alles tat mir weh. Endlos lange Minuten blieb ich auf dem kalten Betonboden liegen. Ich war mir sicher, meine Peiniger würden wiederkommen. Und mit ihnen würden Furcht und Schmerz zurückkehren. Es gab nichts, was ich dagegen tun konnte.

Ich war in diesem Krieg mehrfach Freund Hein unter der Sense durchgeschlüpft und hatte dabei natürlich auch immer Angst um mein Leben gehabt. Aber es war trotzdem etwas anderes gewesen. *Ich hatte etwas tun können!* Hier gab es nichts ... Als ich merkte, daß sich meine Gedanken im Kreis bewegten, versuchte ich mich mühsam aufzurappeln. Wenigstens die Handschellen hatte man mir abgenommen. Mir wurde schwindlig, und sehen konnte ich in der totalen Dunkelheit nichts. Mit ausgestreckten Armen taumelte ich einfach vorwärts, bis ich auf ein Hindernis stieß.

Meine Finger strichen über den rauhen Beton. Vorsichtig bewegte ich mich an der Wand entlang. Ich mußte mich auf das Offensichtliche konzentrieren, auf das, was ich ertasten konnte. Mich beschäftigt halten, wenigstens für den Augenblick.

Wahrscheinlich befand ich mich noch immer in der Zelle, in der ich zusammengeschlagen worden war, oder zumindest in einem ziemlich ähnlichen Raum. Die Erinnerung kam zurück. In das SS-Quartier war ich nicht gebracht worden, denn das hätte ich ja erkannt. Um das Hauptquartier der Gestapo in Königsberg konnte es sich auch nicht handeln, da es sich am Universitätsplatz in unmittelbarer Nähe der Gauleitung befand. Wo also war ich?

Ein Luftzug verriet mir, daß irgendwo über mir ein Fenster sein mußte, wahrscheinlich klein und vergittert. Allerdings vermochte ich, selbst wenn ich mich auf die Zehenspitzen stellte, die Decke nicht zu berühren. Licht fiel von oben keines ein, was nur bedeuten konnte, es war tiefste Nacht.

Unwillkürlich wollte ich auf meine Armbanduhr blicken, aber die war weg. Beim Abtasten meiner zerfetzten Uniform stellte sich heraus, daß mir auch der Klempnerladen mit Orden und Abzeichen abhanden gekommen war.

Für den Augenblick blieb mir nichts anderes übrig, als mich in mein Schicksal zu ergeben. Mit einem

Stöhnen ließ ich mich wieder an der Wand hinuntersacken.

Mein erschöpfter Körper hatte sein Recht gefordert, und ich war trotz Angst und Schmerzen eingeschlafen. Erst als sich der Schlüssel im Schloß bewegte und die Stahltür aufsprang, öffnete ich wieder die Augen. An der Decke brannte eine nackte Glühbirne, und die plötzliche Helligkeit ließ mich erneut aufstöhnen.

Zwei SS-Männer mit aufgekrempelten Hemdsärmeln traten ein. Einer stellte einen Holzstuhl auf den Boden, und dann zerrten sie mich zu zweit auf diesen Sitz. Unger kam lässig hereingeschlendert und zündete sich genüßlich eine Zigarette an. »Sie sehen nicht gut aus, Thomsen!«

»Wundert Sie das etwa?« Meine Stimme war mehr ein Krächzen.

»Wie schön, daß wir uns verstehen!« erklärte der Gestapomann zynisch und baute sich vor mir auf. »Und nun will ich von Ihnen hören, was Sie hier treiben.« Er grinste. »Was mit den Schiffen los ist, was es mit dem seltsamen Treffen in einem Bordell auf sich hat, den Telefonanrufen in Berlin. Und nicht zu vergessen Ihr Besuch in Holland bei einer Strafkompanie mit Kampfschwimmern.« Er sah mich lauernd an. »Wir wissen natürlich, daß diese Kompanie inzwischen irgendwo im Einsatz ist.« Er rieb sich das Kinn. »Vielleicht gar nicht weit von hier?«

Als ich nicht sofort Antwort gab, schlug er mich hart ins Gesicht. Ich starrte ihn nur an. Was sollte ich auch sagen?

Er trat einen Schritt zurück und betrachtete sein

Werk. »Auch gut! Wir bringen Sie schon zum Reden. Bisher hat noch jeder gesungen.«

»Alles, was ich unternommen habe, gehört zu meinen Aufgaben als Zweiter ASTO des Oberbefehlshabers.« Ich blinzelte, weil mein linkes Auge langsam zuschwoll. »Sie können das in Berlin überprüfen.«

»Ja, das könnten wir, nur würde man uns dort das gleiche erzählen. Geschenkt!« Er schlug wieder zu. »Und nun raus mit der Wahrheit, Thomsen.« Er nickte den beiden SS-Schergen zu, und meine Arme wurden ruckartig nach hinten gerissen. Ungers Gesicht erschien riesig groß vor dem meinen. »Wissen Sie was? Ich glaube, Sie versuchen eine Evakuierung vorzubereiten, nicht nur Sie alleine natürlich. Das ist Verrat, denn der Gauleiter hat nichtgenehmigte Evakuierungen unter Todesstrafe gestellt.«

»Ich weiß nicht, wovon Sie sprechen. Die Armee in Ostpreußen muß mit Treibstoff, Proviant, Munition und so weiter versorgt werden. Glauben Sie, das kommt von allein hierher?«

»Sie sind wohl ein ganz Schlauer, was?« Unger schlug erneut zu, und mir platzte die Lippe auf.

Der Mistkerl würde mich zu Hackfleisch verarbeiten, ganz gleich, was ich sagte. Ich spürte, wie mir das Herz in die Hose rutschte.

* * *

Nachdem sie mich erneut fürchterlich zusammengeschlagen hatten, ließen sie mich allein. Schwer um Atem ringend, lag ich auf dem kalten Betonboden. Später schob irgend jemand einen Napf mit einer dünnen Suppe und einen Kanten alten Brots durch die Klappe in der Tür. Trotz der Schmerzen schlang ich den Fraß regelrecht in mich hinein. U-Boot-Fahrer sind in dieser Hinsicht nicht gerade verwöhnt.

Durch das schmale Fenster über meinem Kopf fiel Tageslicht. Gelegentlich drangen, gedämpft durch die dicken Mauern, schwache Geräusche bis zu mir, die ich aber nicht identifizieren konnte. War das hier mein erster oder schon mein zweiter Tag? Ich begann das Zeitgefühl zu verlieren. Wahrscheinlich war das Absicht.

Die meiste Zeit tigerte ich in der Zelle rum und dachte nach. Ein Teil meines Geistes war immer noch wach und klar. Beobachten, Begreifen, Angreifen! So, wie ich es als U-Boot-Kommandant gelernt hatte. Wahrscheinlich saß die Lektion einfach so tief, daß sich der Mechanismus nicht einfach abschalten ließ. Ich war müde und erschöpft, mein Gesicht geschwollen und mein Körper grün und blau geschlagen. Aber wenigstens waren meine Knochen noch heil, was ich als Indiz dafür wertete, daß Unger mich noch irgendwie brauchte. Andernfalls hätte er mich garantiert totgeschlagen, und sei es nur, um sich für die Abfuhren zu rächen, die er im Laufe der Zeit von mir erhalten hatte.

Je mehr ich darüber nachgrübelte, desto unheimlicher wurde das alles. Unger mutmaßte, daß wir eine Evakuierung vorbereiteten, und die Listen für die *Gustloff* hatte er gewiß schon eingesehen. Aber reichte das, um seinen Verdacht beweiskräftig zu bestätigen? Offenbar nicht. Folglich wollte Unger noch etwas von mir, fragte sich nur was?

Wie ich alles auch drehte und wendete, ich kam zu keinem plausiblen Ergebnis. Den Gedanken, daß Unger außer mir noch andere von uns hatte verhaften lassen, zum Beispiel Bernhardi oder Neitzel, Bleichrodt oder Schellong, verwarf ich wieder, denn das hätte bedeutet, daß Unger bereits genügend in der Hand hatte, um auch mich ... Aber warum hatte der Gestapo-Mann die Kompanie der Kampfschwimmer von Riedens expressis verbis erwähnt?

Sosehr ich mir auch den Kopf darüber zermarterte, eine einleuchtende Erklärung dafür fand ich nicht.

Da Unger offenbar vorhatte, mich in meinem eigenen Saft schmoren zu lassen, und er mich daher in Ruhe ließ, kam mir in der immergleichen Monotonie meines Zellendaseins jedwedes Zeitgefühl endgültig abhanden.

* * *

Irgendwann, eine halbe Ewigkeit mußte vergangen sein, wie mir schien, schreckte mich das Geräusch des Schlüssels, der knirschend im Schloß meiner Zellentür gedreht wurde, auf. Ich spürte nichts als grenzenlose Furcht. Eine weitere Abreibung würde ich, geschwächt, durchgefroren und ausgehungert, wie ich war, nicht überstehen. Mein Körper hatte einfach keine Reserven mehr. Aus weit aufgerissenen Augen starrte ich auf die Gestalt, die sich gegen das helle Licht im Gang abzeichnete. Verdutzt blinzelte ich. Der Mann, der da stand, hatte eine flache Offiziersmütze auf, eindeutig die der Marine!

Bernhardi räusperte sich mühsam. »Was haben die bloß mit Ihnen angestellt, Thomsen?«

»Eine ekelhafte Scheiße. Pardon, Herr Kapitän!« Schwerfällig versuchte ich mich aufzurappeln. Mit ein paar schnellen Schritten war der Fregattenkapitän bei mir und stützte mich. »Kommen Sie, ich helfe Ihnen. Und eine gute Nachricht bringe ich Ihnen auch noch mit: Die Befehle sind da!«

Es brauchte ein Weilchen, bis mir dämmerte, welche Befehle er überhaupt meinte.

Bernhardi erkannte, wie es um mich bestellt war. »Heute vormittag hat Großadmiral Dönitz das Stichwort ›Hannibal‹ ausgegeben, mit dem Zusatz, kein Deutscher solle zurückbleiben.«

Ich runzelte die Stirn, aber selbst diese winzige Bewegung schmerzte in meinem malträtierten Gesicht. »Welchen Tag haben wir eigentlich heute?«

Er sah mich verwundert an. »Sonntag, den einundzwanzigsten.«

Vier Tage! Wie hielten das Menschen nur durch, die sich weit länger in den Klauen dieser Typen befanden? Ich atmete tief durch, aber meine Beine drohten wieder unter mir nachzugeben. Bernhardi griff fester zu und rief nach jemandem auf dem Gang.

Mehrere Männer in Kampfanzügen ohne Rangabzeichen kamen in die Zelle. Ich erkannte das Gesicht von Korvettenkapitän von Rieden. »Was machen Sie denn hier?«

Hartmut von Rieden grinste breit. »Nachdem die Gestapo Sie vereinnahmte, hat Bernhardi Ihren Signalmeister aufgetrieben, und der hat wiederum uns aufgetrieben.«

»Und wie haben Sie mich gefunden?«

»Das erzähle ich Ihnen später ausführlich.« Vorsichtig packten mich zwei seiner Männer auf eine Trage, und ab ging es nach oben. Vor dem Haus standen nach wie vor bewaffnete SS-Wachposten, aber sie taten nichts, außer uns mit starren Mienen hinterherzusehen. Ich verstand überhaupt nichts mehr.

Es dauerte schon ein Weilchen, bis ich wieder einigermaßen auf dem laufenden war. Die Männer von der Kompanie 36 hatten mich im Stützpunkt in Gotenhafen ins Lazarett gebracht. Hubesch, Wolf und Fräulein Helfert warteten bereits dort. Aber es war vor allem Bernhardi, der mir berichtete, was abgelaufen war, während ich mit einer Mug heißen Kaffees in einem sauberen weißen Bett thronte. Sein Gesichtsausdruck schwankte zwischen Mitleid mit meinem schlechten Zustand und Belustigung. »Über Hubesch haben wir Ihre Rückversicherung bemüht, denn von Riedens Kompanie war ja bereits für alle Fälle in Pillau zugegen.« Er schüttelte den Kopf. »Eigentlich hätte ich dergleichen erahnen müssen, doch der Plan ›Siegfried‹ war ja Ihr kleines Geheimnis.«

Ich zuckte mit den Schultern. »Er hätte sich als notwendig erweisen können, falls sich die SS einem Evakuierungsbefehl der Marine widersetzt hätte.« Prüfend sah ich ihn an. »Das tut sie doch nicht?«

Bernhardi lachte. »Das ist eine verrückte Geschichte. Ganz Königsberg und Umgebung ist mit Flüchtlingen verstopft, weshalb es unsere Truppenteile immer schwerer hatten, sich vernünftig zu bewegen. Natürlich müssen die Straßen für Panzer und

Artillerie weitgehend frei bleiben, oder der Kessel bricht in Windeseile ein. Folglich wurden die nachrückenden Flüchtlingskolonnen einfach abgedrängt. Etliche der Trecks zogen daraufhin über das Eis nach Pillau, mit dem Erfolg, daß dort auch alles mehr oder weniger dicht ist.«

»Und weiter?«

»Der Herr Gauleiter kam plötzlich auf den Trichter, daß die Flüchtlinge eine vor allem militärische Belastung darstellten. Natürlich wandte Koch sich an die falscheste aller Stellen, nämlich an den Stadtkommandanten, General Lasch, mit der Forderung, jeden Tag zwanzigtausend Flüchtlinge abzutransportieren.«

Der Kaffee schmeckte plötzlich schal. »Wenn der Kerl rechtzeitig Evakuierungsbefehle gegeben und nicht alles behindert hätte, könnten die Leute längst weg sein, oder wenigstens ein großer Teil.«

»Richtig, aber Lasch hütete sich wohlweislich, ihm das zu sagen. Statt dessen hat er bei Admiral Kummetz per Funk nachgefragt, ob die Marine etwas tun könnte. Der hat sich nicht zweimal bitten lassen. Die Operation ›Hannibal‹ läuft auf vollen Touren.«

Ich deutete zur Tür, vor der zwei Mann von von Riedens Haufen mit ihren Schmeissers Posten standen. »Und ich stehe unter Bewachung?«

»Das ist eine andere Geschichte.« Bernhardi legte die Stirn in Falten. »Ich hatte Hubesch über Ihre Verhaftung informiert, weil ich annahm, er wüßte, mit wem er sich in Verbindung zu setzen hätte. Der erzählte mir daraufhin von Ihrem Unternehmen ›Siegfried‹.« Er schüttelte den Kopf. »Ich kann immer noch nicht glauben, daß das geklappt hat. Was wir brauchten, war ein Befehl, Sie freizulassen, der jedoch nur von der Gauleitung kommen konnte. Hubesch und von Rieden verfielen also auf die Idee, sich etwas unter den Nagel zu reißen, was für Koch von großem Belang war.«

»Sie meinen den Eisbrecher?«

»Besser!«

»Besser?«

»Aber ja!« Der Fregattenkapitän strahlte wie ein Honigkuchenpferd. »Sie wissen, wie das ist. Gewisse Bonzen haben sich ziemlich rücksichtslos über die Jahre hinweg bereichert. Da geht es um Werte, die sich harmlose Gemüter wie Sie und ich gar nicht vorstellen können. Koch hat sich alleine vier oder fünf Zuckerfabriken in Ostpreußen als Privatbesitz einverleibt.« Er zuckte mit den Schultern. »Na ja, die haben die Iwans sich jetzt mittlerweile wieder zurückgeholt, aber arm ist deshalb unser Gauleiter trotzdem nicht. Die SS hat immer brav für ihn geplündert, Bilder, Statuen, Edelsteine, Gold, von überall her, von Juden, aus russischen Museen.«

Mir ging ein Licht auf. »Sie wollen sagen, der ganze Kram ist noch hier in Königsberg?«

»Es war gar nicht so schwierig herauszufinden, wo. Die SS ist manchmal ziemlich einfach gestrickt. Der ganze Kram, wie Sie ihn zu nennen belieben, liegt in einem Lagerhaus, das von einer Sondereinheit der SS rund um die Uhr bewacht worden ist.«

»Nett! Aber was hat das mit mir zu tun?«

Bernhardi tippte mir leicht auf die Brust. »Sie sind ein äußerst wertvoller Mann, Thomsen, und von Riedens Männer haben die SS-Leute halt mal kurz aus dem Verkehr gezogen und die eingelagerten Kunstschätze einfach geklaut.« Er lachte auf, als er mein entgeistertes Gesicht sah. »Damit haben wir Sie dann quasi zurückgekauft. Das ist natürlich nur ein Teil der Vereinbarung. Ich mußte darüber hinaus zusichern, daß wir seine Privatsammlung aus Königsberg mit abtransportieren.«

Für einen Augenblick wußte ich vor Rührung nicht, was ich sagen sollte. Alle Beteiligten hatten für mich unendlich viel riskiert, denn die ganze Sache hätte auch mächtig in die Hose gehen können. »Danke!« Mehr fiel mir nicht ein. »Danke für alles!«

Bernhardi zuckte mit den Schultern. »Danken Sie vor allem von Rieden und seinen Männern, denn die haben letztlich die Sache geschaukelt. Wenn das hier alles vorbei ist, dann handelt es sich vielleicht um das einzige, an das wir uns wirklich reinen Gewissens erinnern können.«

Ich räusperte mich. »Nur so interessehalber, wieviel bin ich gegenwärtig wert?«

»Das läßt sich nicht beziffern.« Bernhardi grinste breit. »Einfach unschätzbar viel, Herr Thomsen!«

* * *

Die Ärzte ließen mich zwar nicht so schnell wieder raus, aber es ging mir von Tag zu Tag deutlich besser. Unger und sein Gestapo-Kollege verzichteten offenbar auf einen Krankenbesuch im Lazarett, was mich etwas verwunderte. Aber vielleicht war nun, da alles offiziell war, die Sache erledigt. Abgesehen von dem, was persönlich zwischen uns stand.

Die Lage in Gotenhafen verschärfte sich etwas. Zweimal mußte ich mein Bett verlassen und mich zusammen mit anderen gehfähigen Verwundeten in den Luftschutzkeller begeben. Augenscheinlich hatten die Tommies begriffen, daß sich etwas anbahnte.

Erst am Samstag erschien ich wieder im Stabsgebäude, freudig begrüßt von meinen Mitarbeitern – und immer noch bewacht von Männern der Kampfschwimmerkompanie. Von Rieden hatte bestimmt, daß das so bleiben würde, bis ich Ostpreußen verließ. Ich gebe zu, daß mir das nicht so unrecht war nach meinen Erfahrungen mit der Gestapo und der SS. Immer wieder kam mir der Gedanke, daß man uns Deutsche nach dem Krieg insgesamt vielleicht nach den Mitgliedern dieser beiden Großorganisationen beurteilen würde. Verdient oder unverdient. Auf jeden Fall war das Ende nicht mehr weit weg, egal, was die Propaganda von Wunderwaffen und Endsieg redete.

Nur mit Mühe konnte ich diese Gedanken abschütteln und mich wieder auf das Naheliegende konzentrieren. »Also, der Reihe nach, wie sieht es aus?«

»Das Pillau-Geleit ist eingeteilt«, erklärte Fräulein Helfert. »Die Beladung wird hinausgezögert bis zum Dienstagmorgen, das ist der dreißigste. Das Kommando hat Korvettenkapitän Bockmeyer auf der *Gotenland.*«

Ich nickte. Bei Bockmeyer handelte es sich um einen ehemaligen U-Boot-Kommandanten, einen von Bleichrodts Leuten. »Das klingt soweit gut. Wie sieht es mit der Sicherung aus?«

Sie sah auf ihre Notizen. »Bescheiden, ein Schlepper und ein Trawler. Der Fischdampfer hat ein Sonargerät, beide haben Flak. Aber Bockmeyer hat mitgeteilt, auf die wolle er sich sowieso nicht groß verlassen.«

»Da ist er gut beraten. Was sagen die Wetterfrösche?«

Hubesch, der erst kurz zuvor mit dem Meteorologen der ULD gesprochen hatte, zuckte mit den Schultern. »Dienstag heftiger Schneefall entlang der gesamten Küste bis weit hinaus auf See. Seegang vielleicht ein Meter, Wind fünf, vorwiegend aus Nordost.« Er verzog das Gesicht. »Der Schneefall soll am Vormittag einsetzen und die ganze Nacht über andauern. Ob es zwischenzeitliche Unterbrechungen gibt, darauf wollte der Meteorologe sich nicht festlegen, meinte aber, das sei eher unwahrscheinlich.«

Ich versuchte mir die Situation vorzustellen. Die ersten beiden Geleite waren besonders wichtig, auch wenn die gesamte Unternehmung noch monatelang dauern würde. Immerhin würden wir, wenn alles glattging, allein fünfunddreißigtausend Menschen transportieren, allein die Hälfte davon aus Gotenhafen, die andere Hälfte aus Pillau. Schneefall, das klang unter diesen Umständen nicht schlecht. »Das bedeutet, alle Schiffe können in Kiel sein, bevor die RAF wieder fliegt.«

Hubesch sah mich erwartungsvoll an. »Der dreißigste ist ein Planungsdatum. Kapitän Bockmeyer wartet darauf, daß Sie diesen Termin bestätigen.«

»Und wie lautet die Wetterprognose für den einunddreißigsten?«

»Die Wahrscheinlichkeit, daß der Schneefall zumindest für einige Stunden nachlassen oder sogar aussetzen könnte, ist gegeben. Wenn die Tommy-Wetterfrösche das auch vorhersagen, könnte es sein …«

»Ich verstehe! Lassen Sie Bockmeyer wissen, er soll am Dienstag rechtzeitig auslaufen, um den Schneefall zu nutzen. Die Schiffe aus Gotenhafen legen gegen Mittag ab.«

Hubesch und die Marinehelferin machten sich Notizen.

»Für Sie beide und Wolf sind an sich drei Plätze im Pillau-Geleit reserviert, aber da Sie nun mal hier sind, stellt sich die Frage, ob Sie nicht statt dessen auf der *Gustloff* mitfahren wollen. Sie da unterzubringen, schaff ich schon.«

»Mir würde es nichts ausmachen, auch auf ein späteres Geleit zu warten«, sagte Fräulein Helfert. »Allerdings möchte ich nicht gerne hier feststecken, wenn die Russen kommen.«

Hubesch nickte. »Dann besser die *Gustloff*.« Er grinste. »Außerdem befinden wir uns da in guter Gesellschaft, denn Korvettenkapitän von Rieden und seine Leute ziehen auch auf der ab.«

»Damit wäre das also auch geklärt«, meinte ich. »Übrigens, wie sieht es denn hier in Gotenhafen mit der Geleitsicherung aus?«

»Für die *Gustloff* und die *Hansa* gibt es zwei Torpedoboote«, sagte der Signalmeister.

»Nicht gerade üppig, aber wenn sich Zahn an die Befehle hält, sollte es klargehen. Immer schön unter der Küste laufen. Ich nehme an, es gibt keine Feindlageberichte?«

»Vor Memel hat es eine U-Boot-Warnung gegeben, aber in der Danziger Bucht ist alles ruhig.« Hubesch sah mich nachdenklich an. »Das kann sich natürlich jederzeit ändern.«

»Kann es, muß es aber nicht. Dicht unter der Küste stehen die Chancen für ein U-Boot sowieso schlecht, weil es da zu flach ist. Und unter den Bedingungen, die uns der Wetterfrosch versprochen hat, sollte es ohnehin schwer sein, ein abgedunkeltes Schiff aufzuspüren. Außerdem gibt es ja bisher keine Anhaltspunkte, daß die Amis oder Tommies ihren russischen Verbündeten Radargeräte überlassen hätten.«

Hubesch schaute auf seinen Kalender. »Gut, dann werde ich an Bockmeyer durchgeben, daß es bei Dienstag, dem dreißigsten Januar bleibt.«

Die Würfel waren gefallen, und es war höchste Zeit gewesen. Ich lehnte mich zurück und blickte nachdenklich auf die Seekarte an der Wand. »Die Zwoundzwanzigste beginnt ebenfalls am Dreißigsten mit der Räumung. Schicken Sie einen Funkspruch an Bleichrodt, daß ich es begrüßen würde, wenn seine Boote eine Auffangstellung in Richtung Memel bezögen. Befehlen kann ich ihm das natürlich nicht, aber vielleicht hört er ja auf mich.«

* * *

»Der Rest rückt ein paar Tage später ab«, erklärte mir Kapitän Neitzel. »Schließlich wird es Monate dauern, bis alles über die Bühne ist. Der größte Teil meiner Männer wird auf der *Gustloff* mitfahren, obwohl die Ausbildung der Männer natürlich alles andere als beendet ist, aber ...«

Ich zuckte mit den Schultern. »Aber! Der Krieg

geht noch eine Weile weiter, ich weiß.« Und das bedeutete, man würde auch diese halbausgebildeten Männer weiter hinaus in den Einsatz schicken. Der U-Boot-Krieg würde bis zum letzten Tag fortgesetzt werden, auch wenn er vielleicht keinen Sinn mehr hatte. Aber sinnlos war bereits vieles geworden. Die SS holte Männer aus den Flüchtlingstrecks und steckte sie in Uniformen. Manche bekamen sogar nur eine Armbinde und ein Gewehr. Volkssturm. Was für ein Blödsinn! Als ob man so Panzer aufhalten konnte!

Der Kapitän schien meine Gedanken zu ahnen. »Das ist nicht unsere Entscheidung, Herr Thomsen.« Nachdenklich hob er sein Glas. »Noch einen? Es wäre doch jammerschade, wenn auch nur der kleinste Tropfen dieses echten französischen Cognacs den Russen in die Hände fiele.«

Ich schob mein Glas über den Tisch.

Während Neitzel nachschenkte, sprach er weiter. »Wenn ich das richtig mitbekommen habe, dann wollen Sie Bleichrodts Boote als Auffangstellung gegen russische U-Boote benutzen?« Behutsam stellte er die Flasche ab. »Wie es um den Ausbildungsstand der Besatzungen bestellt ist, wissen Sie ja. Außerdem hat er ohnehin nur eine Handvoll Boote klar.«

»Besser als nichts. Es sei denn, Sie haben eine bessere Idee?«

Er hob den Schwenker und ließ die braune Flüssigkeit kreisen. »Nein, habe ich nicht, aber ich werde Mücke mit *U 6* ebenfalls rausschicken.«

U 6 war ein kleines altes Boot, der letzte noch schwimmende Einbaum, wie wir die Einhüllenboote Anfang des Krieges nannten. Genau wie die Asse, die damals mit ihnen fuhren, waren sie inzwischen Geschichte. »Mücke macht den Eindruck, als wisse er, was er tut.«

Neitzel lächelte. »Die Besatzung hat so viele Ausbildungsfahrten mit den neuen Leuten gemacht, daß sie die Gegend hier fast im Schlaf kennt. Bis hoch vor die Memel. Der Erste, Oberleutnant Wengert, rüstet bereits aus. Scharfe Torpedos, Proviant für zehn Tage. Das älteste Boot in der ganzen Ostsee, aber wahrscheinlich die beste Besatzung. Komisch, nicht wahr?«

»Überhaupt nicht, doch vielleicht finde ich auch derzeit gar nichts komisch. Aber ich danke Ihnen dennoch.« Ein Gedanke schoß mir durch den Kopf. »Sie sagen, Mücke und sein IWO kennen die Küste gut?«

»Ausgezeichnet, würde ich sagen. Immerhin sind sie die letzten beiden Jahre immer hier herumgeschippert.« Sein Gesicht nahm einen gespannten Ausdruck an. »Was spukt Ihnen im Kopf herum, Herr Thomsen?«

»*U 6* ist ein kleines Boot, das durch Flachwasser weniger behindert wird als die Typen VII C und IX C, die Bleichrodt hat. Wenn Sie erlauben, möchte ich das Boot entlang der Route der Geleitzüge einsetzen. Sollte wirklich ein Russe durchgebrochen sein, hat *U 6* am ehesten eine Chance, ihn aufzustöbern. Sie wissen selbst, wie es mit der U-Boot-Jagd im Winter aussieht.«

Neitzel grinste. »Eigentlich nicht. Meine Feindfahrten als Kommandant führten in die Karibik, ein Gebiet, das Sie ja auch kennen.«

»Ja, Sonne, blaues Meer … was machen wir nur falsch mit unserem Leben?« Ich genehmigte mir genießerisch den Rest meines Cognacs. »Also, sind Sie einverstanden?«

»*U 6* gehört ganz Ihnen, Thomsen. Entlang der minenfreien Wege nach Westen aufklären, daran wird Kaleu Mücke seine Freude haben.«

»Schön, dann sind ja alle glücklich!« Ich dachte nach. »Sonst noch irgend etwas, Herr Kapitän? Ab Dienstag gehört die ganze Unternehmung dem Seetransportkommando.«

»Ich weiß.« Der Kapitän blickte aus dem Fenster. »Wenn wir nicht bereits alles unbotmäßig vorbereitet hätten, dann würde es mindestens vier Wochen dauern, bis die ersten Schiffe rauskönnten. Wir haben Brennstoff, Schiffsraum, wenn auch niemals genug, und wir haben die notwendige Organisation. Ich glaube, wir haben gute Arbeit geleistet, Sie vor allem, Thomsen. Wie fühlen Sie sich jetzt?«

»Immer noch etwas angeschlagen, aber ansonsten wie neu.« Ich grinste gezwungen. Was meine vier Tage bei der Gestapo anging, gab es ein paar Dinge, über die ich nicht sprechen wollte, auch nicht mit Neitzel.

Er winkte ab. »Schon gut, ich frage nicht mehr. Anderes Thema: Was mit Kochs Privattransport?«

»Soweit ich weiß, hat die Kompanie von Rieden das ganze Zeug unter Bewachung, sechsunddreißig Holzkisten, auf denen außerdem noch ständig ein paar SS-Männer draufhocken.« Ich lehnte mich zurück. »Von Rieden und seine Leute sind für die *Gustloff* eingeteilt. Soweit es mich betrifft, sollten wir die Dinger abliefern und gut. Nicht, daß irgendwelche

Bonzen noch saurer werden, als sie ohnehin schon sind.« Die ganze Geschichte machte mich immer noch zornig, aber es war besser, darüber hinwegzusehen. Noch gab es die Nazis, und noch waren sie an der Macht.

Neitzel nickte. »Ich gebe entsprechende Anweisungen, Herr Kapitän.«

»Danke!« Ich griff nach meiner Mütze und stand auf. »Viel Glück, Herr Kapitän!«

»Ihnen auch!« Er erhob sich und streckte mir die Hand entgegen. Wer wußte in Zeiten wie diesen schon, ob man sich jemals wieder traf. Was mich anbelangte, würde ich die letzten Stunden dazu nutzen, noch etwas Schlaf nachzuholen.

* * *

Es rumpelte an der Tür zu meiner Kammer. »Herr Kapitän? Sind Sie da drinnen?«

Schlaftrunken hob ich den Kopf. »Ja, ist schon gut!« Ich schwang die Beine aus dem Bett. »Ich komme ja schon!«

Als ich die Tür öffnete, stand ein blutjunger Gefreiter vor mir. »Kapitän zur See Neitzel bittet Sie in sein Dienstzimmer.«

»Wie spät ist es eigentlich?«, fragte ich, da ich bisher noch immer keine Zeit gehabt hatte, mir eine neue Armbanduhr zu besorgen.

»Kurz nach sechs, Herr Kapitän!« Der Gefreite machte runde Augen. »Waren Sie etwa die ganze Nacht hier?«

Komische Frage. »Ja, wieso?«

»Es hat Fliegeralarm gegeben. Ein paar Tommies haben mal wieder die Stadt besucht.«

Ich lauschte dem Klang der Worte nach. Die Stadt besucht! Waren diese Jungs so abgebrüht, oder taten sie nur so? Wurde man so, wenn man mitten im Krieg aufwuchs? Bis meine Kinder ins entscheidende Alter kamen, würde der Krieg sicher vorbei sein. Wenigstens etwas. »Wie schlimm war es?«

»Die Flak hat einen runtergeholt, der außerhalb der Stadt abgeschmiert ist. Aber in Gotenhafen selbst wurden ein paar Häuser getroffen, und in Oxhöft soll es einen Fischdampfer erwischt haben. Alles in allem also halb so wild.«

»Die Bewohner der Häuser werden das wahrscheinlich anders sehen.«

»Zwei, drei Geschäfte, eine Kneipe und den Offizierspuff hat es erwischt. Volltreffer.« Er zuckte mit den Schultern. »Da ist keines der Mädel mehr rausgekommen, und ein paar Offiziere sind auch drinnen geblieben, aber …«

Ich begriff. »Die hatten natürlich ihre Uniformen nicht an, und nun weiß niemand, wer fehlt.«

»So ungefähr!«

Ich fuhr in meine Hosen und streifte mir Hemd und Jackett über. Den Schlips konnte ich auch während der Fahrt binden. »Also, dann ab dafür!« *Was für ein verdammter Mist!* Es war kurz nach sechs, die *Gustloff* und die *Hansa* lagen seit gestern an der Behelfspier, und nun hatte es offenbar ein paar Offiziere erwischt. Zahn? Den Kommandanten der *Hansa*? Einen der T-Boot-Kommandanten?

Neitzel blickte auf, als ich in sein Dienstzimmer stürmte. »Sehr gut! Ich dachte schon ...«

»Nein, Herr Kapitän!« Trotz der Situation mußte ich lächeln. »Ich lag friedlich in meiner Koje.« Die Belustigung schwand. »Also, was ist los, Herr Kapitän?«

Er machte ein Gesicht, als könne er es selbst nicht fassen. »Die Tommies haben das Offiziersbordell in die Luft gejagt. Der einzige echte schwere Treffer in der Stadt.« Ungläubig schüttelte er den Kopf. »Noch wissen wir nicht genau, wen es alles erwischt hat, aber anscheinend waren nicht wenige Herren dort zu einem letzten Besuch vor dem Auslaufen. Daß Kaleu Mücke dabei war, steht fest. Ein paar unserer Männer haben ihn erkannt, als er geborgen wurde.«

»Und was nun?«

»Oberleutnant Wengert kennt zwar die Küste, aber ich brauche einen erfahrenen Kommandanten für *U 6*.«

Daher also wehte der Wind. »Bernhardi?«

»Den benötige ich hier.« Er sah mich an. »Könnten Sie nicht das Boot übernehmen? Bis vor ein paar Monaten haben Sie ja selbst noch ein Boot unter schwierigeren Bedingungen kommandiert.«

Was sollte ich sagen? Da gab es nicht viel zu sagen! Ich legte die Hand an die Mütze. »Jawoll, Herr Kapitän!«

Er winkte ab. »Dann ist es abgemacht. Ich kümmere mich um Ihre Leute ... und um von Rieden. Der Schreibergefreite, der Sie hergebracht hat, hilft Ihnen, U-Boot-Ausrüstung zu fassen. Ich nehme an, Sie haben kein Lederzeug dabei.«

»Darauf war ich nun nicht gerade eingerichtet.«

»Macht nichts, das haben wir vorrätig. Also los, ab mit Ihnen. Ich schicke schon mal einen Melder zu *U 6*, um Wengert vorzuwarnen.«

Ich erhob mich. »Also, dann melde ich mich ab. Ich will so schnell wie möglich auslaufen.«

»Genehmigt!« Neitzel wandte sich bereits wieder seinem Papierkrieg zu.

Ich schlich auf leisen Sohlen hinaus und überlegte mir die nächsten Schritte: Ausrüstung fassen – von meinen Leuten verabschieden – die letzten Lageberichte lesen – eine Uhr besorgen – zum Boot. Drei Stunden blieben mir, um das alles zu erledigen.

* * *

Dunkle, tiefhängende Wolken deuteten darauf hin, daß es demnächst zu schneien anfangen würde. Ich hastete über die Pier und sah, daß Wengert bereits die Tarnnetze hatte einholen lassen. Völlig ohne Zeremoniell sprang ich an Bord und kletterte die Klampen zum Turm empor. »Klar zum Ablegen?«

Oberleutnant Wengert tippte kurz an die Mütze. »Wir sind klar, Herr Kapitän!«

»Dann los! Alles ein bis auf die Achterspring! Maschinen Achtung!«

Im Hafen herrschte ein wildes Durcheinander. Überall wurden noch weitere Flüchtlinge auf Schiffe und Boote gequetscht, auch wenn diese bereits rappelvoll zu sein schienen. Ich blickte auf meine neue Armbanduhr. In Pillau mußte das Beladen bereits abgeschlossen sein und der erste Geleitzug bereits in See stehen.

»Kleine Fahrt achteraus! Backbord fünfzehn!« befahl ich. Am Heck quoll ein Wasserschwall auf, und der Bug schor langsam von der Pier weg. Vor uns kreuzte ein kleiner Fischdampfer den Weg und strebte der Außenmole zu. Jeder noch so kleine Fleck auf seinem Deck war mit Menschen besetzt, die schweigend zurück auf das brennende Gotenhafen oder die riesige *Gustloff* an der Pier starrten, wo sich immer noch die Massen drängten. Erst ein paar Wochen war es her, daß wir selbst auf ihr gewohnt hatten, als ich Bleichrodt und Neitzel zum letzten Mal besucht hatte. Wer hätte damals gedacht, daß alles so schnell gehen würde. Doch jetzt war nicht die Zeit für Erinnerungen, ich mußte mich auf die Manöver des Bootes konzentrieren. Ich räusperte mich mühsam. »Achterspring ein, kleine Fahrt voraus.« Ich peilte kurz über den Bug. »Ruder mittschiffs, WO!«

Wengert beugte sich über das Sprachrohr und gab ein paar Befehle. Zufrieden nickte ich ihm zu. »Übernehmen Sie, bringen Sie das Boot hinaus!«

Der Oberleutnant nickte. Vielleicht dachte er insgeheim, das Kommando über diese eine Fahrt stünde ihm zu, möglicherweise war er aber auch froh, daß er es nicht hatte. Auf seinem runden Gesicht ließ sich keine Regung ablesen. Eventuell vermißte er auch bloß Kaleu Mücke, seinen bisherigen Kommandanten. »Jawoll, Herr Kapitän.«

Ich hob das Glas und sah mich noch einmal um. Wie alle an Bord wußte ich, daß es eine Wiederkehr nicht mehr geben würde. Gotenhafen würde fallen. Das konnte ganz schnell gehen, genausogut aber auch erst im Laufe des Frühjahres passieren. Doch für große Schiffe war dies so ziemlich der letzte Zeitpunkt, den Hafen zu verlassen. Mochte die Propaganda auch tönen, es war vorbei.

Mein Blick glitt über die total zerschlagenen Hafenanlagen. Selbst die *Gustloff* lag nur an einer behelfsmäßig hergerichteten Pier, seit sie vor zwei Tagen von Oxhöft hierher verlegt worden war. Die Amis hatten den Hafen schon 1943 mit weit über dreihundert Maschinen mehr oder weniger unbrauchbar gemacht. Doch irgendwie ging immer noch was. In endlosen Reihen standen die Flüchtlinge. Korvettenkapitän Zahn hatte mir versichert, daß er das Schiff bis zum letzten Platz füllen würde. Ganz offensichtlich wollte er das wahrmachen, denn die Schlangen bewegten sich immer noch und mit erstaunlicher Geschwindigkeit vorwärts. Aber ich mochte mir die Szenen nicht vorstellen, wenn die Stellings eingeholt wurden. Viele Tausende würden immer noch dort stehen und zusehen, wie die letzte Hoffnung mit dem Schiff am Horizont verschwand.

Am Rande des Arsenals lag nach wie vor die Hulk der *Gneisenau*. Ohne die schweren Türme und die Mittelartillerie sah sie nicht mehr aus wie das Schlachtschiff, das sie einst gewesen war. Ich erinnerte mich an die Besprechungen in Gotenhafen, vor allem an den Standortkommandeur, und wußte, welches Schicksal ihr bevorstand. Major Wolters wollte sie als Blockschiff versenken. Unwillkürlich schluckte ich, obwohl, viel übrig war ja sowieso nicht mehr.

Aus dem öligen Wasser des Hafens ragten ganz am Rand der eisfreien Rinne Mast und Schornstein eines versenkten Schleppers aus dem Wasser. Das

Schiff mußte auf ebenem Kiel dort unten liegen. Eine deutliche Warnung, daß es hier sehr flach war. Aber Wengert kannte den Hafen wie seine Westentasche. Beinahe anderthalb Jahre lang hatte *U 6* als Schulungsboot gedient, und Wengert war I WO auf diesen Fahrten gewesen. Wenn der den Hafen nicht kannte, wer dann?

Ich spürte den leichten Schwell, der das Boot erfaßte, kaum daß wir uns der Außenmole näherten. In der Bucht von Danzig war das Wasser eigentlich zu flach für ein Probetauchen, aber das galt im Prinzip für die ganze Ostsee mit einer mittleren Wassertiefe von nur fünfzig Metern.

»Welcher Kurs, Herr Kapitän?«

»Erst mal ein paar Meilen West. Stellen mit mehr als dreißig Metern werden wir in Küstennähe nicht finden, aber ich will, daß alles so gut getestet wird wie möglich.« Ich sah kurz auf die neue Uhr. Es war kurz vor Mittag. »Die *Gustloff* wird gegen eins auslaufen. Bis dahin haben die Boote der Zweiundzwanzigsten ihre Wartepositionen erreicht.«

»Ich wette, die Russen warten nur auf einen fetten Brocken wie die *Gustloff*«, meinte der Oberleutnant mißmutig.

»Natürlich!« Ich zwang mich zu einem Grinsen. »Deswegen werden wir ihnen die Suppe auch versalzen. Wir laufen ungefähr eineinhalb Stunden vor ihr her, immer am Rande der flachen Gewässer. Korvettenkapitän Zahn und seine Geleiter werden kaum volle Fahrt laufen können, wegen des Eisgangs. Wir haben also genügend Zeit, auf jedes U-Boot zu lauschen, das dort lauern mag.« Die Wahrheit über den

Maschinenzustand der *Gustloff* behielt ich besser für mich. Sollte sie über die gesamte Strecke bis Kiel etwas mehr als halbe Fahrt laufen können, wäre das schon ein Glücksfall. Um die *Hansa* stand es noch schlimmer.

Um uns herum bewegten sich die Männer der Wache. Wahrscheinlich eine der erfahrensten Besatzungen, die man haben konnte, aber andererseits zusammengewürfelt aus den unterschiedlichsten anderen Besatzungen. Zudem war *U 6* kein Front-, sondern ein Ausbildungsboot. Und selbst das war es eigentlich schon lange nicht mehr, eher ein Spielzeug, das man dazu verwendet hatte, angehende U-Boot-Fahrer überhaupt erst einmal an das U-Boot-Gefühl zu gewöhnen – was es hieß, in so einer engen Röhre unterwegs zu sein. Der letzte oder vorletzte noch schwimmende Einbaum.

Mein I WO mußte wohl etwas von meinen Gedanken ahnen. »Die Männer sind alle gestandene U-Boot-Fahrer, viele Ausbilder bei der ULD, Herr Kapitän! Sie wissen, was sie zu tun haben.«

»Hoffen wir es! Daß *U 6* ein kleines Boot ist, sollte für uns in diesen flachen Gewässern jedenfalls von Vorteil sein.«

Wengert schmunzelte. »Sicher. Und es ist wahrscheinlich das bestgepflegte Boot in der ganzen Ostsee, so viel, wie die angehenden LIs daran herumgebastelt haben.« Der Oberleutnant wurde schnell wieder ernst. »Aber das kann natürlich auch alles ins Auge gehen.«

Ruhig nickte ich. »Ja, aber das kann es immer. Und wenn es jemals eine wichtige Fahrt gegeben hat, dann ist es diese, I WO.« Während ich dies behauptete, wußte ich, daß ich log. Das war keine wirkliche Feindfahrt, sondern ein Einsatz aus reiner Verzweiflung heraus. »Siegfried« war zu spät gekommen, »Hannibal« ebenfalls, und alle unsere sorgsam ausgetüftelten Pläne waren der Reihe nach den Bach hinuntergegangen. Trotzdem, ich erwiderte den Blick Wengerts. »Sie kennen die Befehle. Und Sie wissen, was an Bord der *Gustloff* los sein dürfte. Also sorgen Sie dafür, daß jeder Mann der Besatzung genauso gut Bescheid weiß wie Sie selbst.« Unwillkürlich trat ich näher an ihn heran. »Denn wenn wir kämpfen müssen, dann will ich, daß die Männer wissen, warum.«

Wengert sah demonstrativ auf die Uhr. »Probetauchen um vierzehn Uhr, Herr Kapitän? Das ist etwas westlich von hier.«

»Einverstanden!«

Der Oberleutnant schwieg einen Augenblick, bevor er bekannte: »Sie haben recht, wir alle haben unser Fell schon für weniger zu Markte getragen.«

Ich sah ihn an. Auf seiner Mütze setzten sich irgendwie niedlich die ersten Schneeflocken ab, und unwillkürlich mußte ich lächeln. »Dann sind wir einer Meinung, Oberleutnant.« Fröstelnd wandte ich mich dem Turmluk zu. »Ich bin unten, I WO!« Mit dem üblichen Warnruf »Wahrschau, ein Mann Zentrale!« ließ ich mich ins Luk fallen und rutschte die Leiter hinunter.

Die Enge in dem alten Ding vom Typ II A war noch schlimmer als in den U-Booten, auf denen ich gefahren war. Die Einbäume mit mal eben vierzig Metern Länge waren nur als Küsten-U-Boote konzipiert worden. Etliche waren bereits früh im Krieg verlorengegangen, vor allem im Ärmelkanal, oder man hatte sie außer Dienst gestellt, als der Atlantikkrieg begann. Es waren keine schlechten Boote, gut manövrierfähig, aber zu klein für lange Fahrten und zu schwach bewaffnet mit ihren gerade einmal drei Bugrohren und fünf Torpedos an Bord. *U 6* war eines der letzten seiner Art, und es hatte nur so lange überlebt, weil es bereits seit Jahren zuerst bei der Einundzwanzigsten Flottille und dann bei der ULD als Ausbildungsboot gedient hatte. Nur war niemand auf die Idee verfallen, das Boot auf den aktuellsten Stand der Technik zu bringen.

Der LI wandte den Kopf. »Wie sieht es oben aus, Herr Kapitän?«

»Es hat angefangen zu schneien, ist saukalt, und es wird noch kälter werden.«

»Na, soviel wärmer ist es hier drinnen auch nicht.«

In der Tat hatten alle Männer unter ihrem Lederzeug dicke Pullover an. In der Zentrale war es kühl, aber im Vergleich zu oben noch ganz angenehm. »Wahrschauen Sie den Smut. Ich will, daß die Turmwache alle zwei Stunden abgelöst wird. Er soll dann jeweils heißen Tee oder Kaffee bereithalten.«

»Zu Befehl, Herr Kapitän!«

Zufrieden nickte ich. Sollten die Männer irgendwie beunruhigt sein, daß ich kurzfristig das Kommando übernommen hatte, dann zeigten sie es wenigstens nicht.

Ich quetschte mich an den Kartentisch. Der Steuermann, dessen Namen ich nicht einmal wußte, zeichnete gerade wieder eine Position ein. Ich sah mir die

Tiefenangaben auf der Karte an. Überall hier waren Werte von gerade einmal etwas über dreißig Metern verzeichnet, nur weiter draußen wurde es tiefer.

»Suchen Sie etwas Bestimmtes, Herr Kapitän?« fragte der Steuermann.

»Ja ...« Ich blickte kurz auf. »Die Stelle, an der ich als russischer Kommandant lauern würde.«

»Oh!« Er dachte nach. »Es gibt nicht so viele Möglichkeiten. Tieferes Wasser gibt es erst weit entfernt von der Küste.«

»Also muß er draußen lauern, und wenn er etwas im Horchgerät hat, sich vorsetzen. Diesel auf AK, und dann schnappen wir ihn.«

»Es sei denn, die Schiffe laufen weiter draußen und geraten ihm dadurch mundgerecht vor die Rohre.«

Verdutzt starrte ich ihn an. »Wieso sollten sie?«

»Ich weiß nicht.« Er zuckte mit den Schultern. »Ich war vorhin noch mal auf der *Gustloff* und bin erst zurückgekommen, kurz bevor Sie an Bord kamen, Herr Kapitän!«

Tief in meinem Inneren machte sich ein ungutes Gefühl breit. »Butter bei die Fische, Steuermann, was war los?«

Er sah mich unsicher an. »Ich war im Kartenraum, um die letzten Feindlageberichte abzugleichen. Aber sie wußten bereits alles, was wichtig war. Die Tommies werfen ja nicht erst seit gestern Minen in die Zwangswege nahe der Küste. Und was die U-Boote angeht ...«

Langsam verlor ich die Geduld. »Was war los?«

»Auf der Brücke hingen vier ausgewachsene Kapitäne rum.« Er grinste. »Verzeihung, Herr Kapitän.«

»Schon gut. Gleich vier?«

»Korvettenkapitän Zahn, dann Kapitän Petersen von der KdF und zwei andere von der Handelsmarine, die ich nicht kannte. Sie stritten sich über die Kurse und Geschwindigkeiten. Die *Hansa* soll ja mit auslaufen, und das ganze Geleit wird nur von zwei T-Booten gesichert. Das scheint die Herren zu beunruhigen.«

»Mehr war eben nicht zur Hand.« In mir war alles auf Alarm gestellt. »Also hat jemand gesagt, man solle durch tieferes Wasser steuern?«

»Petersen. Er hat darauf hingewiesen, daß die *Gustloff* schwer überladen sei und noch immer nicht alle Minen geräumt seien. Zahn meinte, sie sollten trotzdem nahe der Küste laufen, wegen der U-Boote.«

»Verdammt! Es war geplant, daß alle Schiffe längs der Küste laufen, um genau dieser Gefahr aus dem Weg zu gehen.« Vor meinem geistigen Auge erschien die Linie unserer Boote. Die meisten Besatzungen waren neu und unerprobt, aber sie würden sich an ihre Befehle halten, und die besagten, daß sie entlang der Dreißig-Meter-Tiefenlinie nach russischen U-Booten suchen sollten. Wenn die großen Dampfer aber außerhalb dieser Linie liefen ... Ich wagte gar nicht, den Gedanken zu Ende zu denken. Statt dessen sah ich den Steuermann fragend an. »Sie waren nicht zufällig auch auf der *Hansa*?«

»Leider nein, Herr Kapitän!«

Ich atmete tief durch. »Gut! Dann sehen wir mal, was wir tun können.« Nachdenklich blickte ich auf die Karte. »Wir steuern erst einmal Nordwest. Der

I WO hat mir gesagt, er kennt dort eine nette Stelle zum Probetauchen.«

Der Steuermann nickte. »Der übliche Platz. Warum nicht?«

»Eben, warum nicht!« Zögernd wandte ich mich um und ging zum Schott. Einer der beiden Funker saß am Horchgerät, während der andere Funksprüche aufnahm. Angesichts des nahen Endes war anscheinend jede Disziplin beim Funken verlorengegangen. Ich tippte dem Horcher auf die Schulter. »Was sprechen die Fische?«

»Nicht viel, Herr Kapitän. Die kleinen Schiffe laufen unter der Küste. Ansonsten keine verdächtigen Geräusche. Alles frei, es sei denn ...«

Er ließ den Rest offen. Es sei denn, irgendwo würde ein U-Boot mit abgestellten Maschinen liegen und lauschen.

»Die dicken Brocken sind also noch nicht ausgelaufen?«

»Eindeutig nein. Die *Gustloff* ist ein Fünfundzwanzigtausend-Tonnen-Dampfer, zwei Schrauben, Dampfturbinenantrieb. Den Pott hört man noch bis Stockholm oder sonstwohin.« Er sah mich an. »Und die *Hansa* ist auch nicht soviel kleiner, geschweige denn leiser.«

Ich mußte an das Jägerleitschiff *Hansa* denken. Ein Frachter, ursprünglich als Hilfskreuzer vorgesehen, dann für ein halbes Dutzend anderer Aufgaben, zu denen es nie kam. Nun würde auch sie auslaufen, vollgestopft bis zum Schanzdeck mit Flüchtlingen. Sie würde ziemlich sicher sein, wenn sie mit der *Gustloff* zusammenblieb. Sollte ein Iwan sie sichten, würde er ohnehin das Passagierschiff angreifen. Ein zynischer, aber im Krieg alltäglicher Gedanke.

Der zweite Funker hob den Kopf und begann aufgeregt, etwas mitzuschreiben. »Ein Fischer ist auf eine Mine gelaufen, ein anderer versucht, Überlebende zu bergen. 54° 52′ Nord, 18° 21′ Ost. Er funkt offen.«

Die Aufregung in seiner Stimme war kaum zu überhören. Gedanken rasten mir durch den Kopf. »Das muß nahe der Küste sein. Da geht viel Verkehr.«

Beide Funker starrten mich gemeinsam an. Was hatten sie erwartet? Daß ich sofort Kurs auf die Untergangsstelle nehmen ließ? »Wir brauchen bis dahin mindestens vier Stunden mit AK.« Ich spürte, wie meine Stimme härter wurde. »Oben sind es minus zehn Grad, und es schneit. Die Wassertemperatur muß nahe am Gefrierpunkt liegen. Kein Mensch lebt da länger als ein paar Minuten. Wir bleiben auf unserem Kurs.«

* * *

»Naxos, Herr Kapitän!«

Als der Ruf ertönte, sprang ich aus dem engen Kabuff in die Zentrale. Die Männer der Wache rutschten noch die Leiter hinunter, aber der Bug begann sich schon zu senken. Noch immer leierte der LI die Litanei des Tauchmanövers hinunter. »Vorne oben fünfzehn, hinten unten zehn! Zellen eins und zwo fluten.« Schnellentlüfter knallten auf, und zischend entwich die Luft, die von dem in die Druckhülle einströmenden Wasser verdrängt wurde. Steil sackte *U 6* durch, dem nahen Grund entgegen.

»Hart Backbord, beide AK!« Die Befehle kamen

beinahe automatisch. Der LI begann das Boot abzufangen. Ich konzentrierte mich wieder auf die Kursänderung. »Zwo-null-null steuern!«

Oberleutnant Wengert nahm sich den Südwester vom Kopf. »Oben herrscht ein ziemliches Kabbelwetter, Herr Kapitän. Gesehen hat er uns wahrscheinlich nicht.«

»Er hat Radar! Trotzdem, zum letzten Zielanflug braucht er Sicht. Wundert mich sowieso, daß der bei diesem Wetter rumfliegt.«

Der Funker steckte den Kopf aus seinem Schapp. »Schrauben, Herr Kapitän! Mehrere kleine Fahrzeuge in Küstennähe. Dann in etwa zwo-zwo-null ein größerer Frachter, so wie er sich anhört. Kriegsschiffe keine.«

Natürlich nicht! Ein U-Boot würde er auf größere Entfernung ohnehin nicht ausmachen können, dafür war die ganze Ostsee viel zu voll mit kleinen Schiffen, Fischtrawler, alte Frachter, ein paar Eisbrecher.

»Gut! Wenn es nicht noch von oben her donnert, dann drehen wir demnächst zurück auf Westkurs. Bis dahin Schleichfahrt, horchen Sie herum, ob Sie die *Gustloff* hören können.« Noch immer ging mir das große Schiff im Kopf herum. Es war nur ein unbestimmtes, aber ungutes Gefühl, denn Gefahren gab es immer und überall. Aber heillos überladen zu sein, und das bei diesem Seegang, würde die Offiziere des Schiffes an die Grenze bringen, ab der ein irgendwie geartetes Durchdrehen nicht auszuschließen war. Noch immer dachte ich über Kapitän Peters nach, einen alternden Seebär aus der Zivilschiffahrt. Selbst jetzt, nach über fünf Jahren Krieg, schien er immer noch nicht begriffen zu haben, daß alte Regeln nicht mehr galten. Hoffentlich würde Korvettenkapitän Zahn die Nerven behalten!

Aber grübeln nützte nichts. Aufmunternd rief ich in die Runde: »Kopf hoch, Männer. Bisher funktioniert doch alles.« Äußerlich ruhig verschwand ich in der Kommandantenkammer, zog den Vorhang hinter mir zu und schloß für einen Augenblick die Augen. Den gesamten Krieg, ja sogar die Jahre davor hatte ich in und mit U-Booten zugebracht. Jetzt, gerade einmal einen Monat nach dem Jahreswechsel, konnte ich mir selbst nichts mehr vormachen. Das Kriegsende war nur noch eine Frage von Monaten, vielleicht sogar nur noch Wochen. Das hier würde wahrscheinlich meine letzte Feindfahrt sein, und ich hoffte nur, daß sie nicht zur Katastrophe ausartete.

Wir schrieben den 30. Januar 1945, und die Uhr zeigte mir, daß es vier Uhr nachmittags war. Oben wurde es bestimmt schon dunkel, in spätestens zwei Stunden würde zusätzlich zum Schneetreiben auch noch Finsternis herrschen. Einerseits schlechte, andererseits gute Voraussetzungen für einen U-Boot-Angriff. Einmal mehr versuchte ich mich in einen russischen Kommandanten hineinzuversetzen. Nicht in einen bestimmten, einfach in irgendeinen, der in dieser Nacht vielleicht auf der Jagd war. Der Gedanke ließ mich frösteln. Denn eines wußte ich genau: Ich würde unter diesen Bedingungen mein Ziel finden!

Immer noch nachdenklich griff ich nach dem Übersegler und studierte wieder einmal die Tiefenangaben. Wie würde ich es machen, wenn ich an seiner Stelle wäre? Erst nach einer Weile gab ich das Grübeln auf.

Nachdem es bisher nicht geknallt hatte, würde der Flieger höchstwahrscheinlich schon wieder aus dem Gebiet hier verschwunden sein. Mit ein paar Schritten erreichte ich die Zentrale. »LI, auf Sehrohrtiefe.« Die eineinhalbstündige Taucherei hatte uns etwa zwanzig Seemeilen gekostet. »Steuermann, ich brauche einen neuen Kurs. Wir halten uns entlang der Fünfzigmeterlinie.«

Preßluft zischte in die Zellen, und das Boot schwebte der Oberfläche entgegen. Geduldig wartete ich auf das kurze Nicken der Röhre. Der LI wandte sich um und tippte an die Mütze. »Sehrohrtiefe, Herr Kapitän! Boot ist durchgependelt.«

Vorsichtig fuhr ich den Spargel aus und sah mich um. Aber die Mühe hätte ich mir genauso sparen können. Alles war finster, nur die Schneeflocken fielen immer noch wie weiße Watte. Ich fragte mich, ob die Schneemengen und überkommendes Wasser die *Gustloff* mit ihren breiten Decks in Bedrängnis bringen würden. Bei so einem Wetter konnte sich schnell unglaublich viel Eis bilden und ein Schiff topplastig machen. Mit einem Seufzer fuhr ich das Sehrohr wieder ein. »Ich sehe gar nichts. Also hoch mit uns. Funk, auf Naxos achten!«

Um mich herum wurde die übliche Litanei der Befehle abgespult. Überrascht stellte ich wieder einmal fest, wie schnell dieses kleine Boot reagierte. Schon ertönte die Meldung: »Turmluk ist frei!«

Die Männer der Wache stiegen in Windeseile die Leiter empor, und von oben kam ein Schwall kaltes Wasser, gefolgt von noch kälterer Luft. Ich griff mir Ölzeug und folgte etwas langsamer. Die Bootsbewegungen hatten mich gewarnt. Es herrschte mindestens Windstärke sieben. Selbst wenn es auf der Ostsee keine großen Brecher gab, so würde die Überfahrt für die Flüchtlinge dennoch alles andere als gemütlich verlaufen. Die *Gustloff* war für knapp fünfzehnhundert Passagiere und rund vierhundert Mann Besatzung ausgelegt. Wie viele Menschen mochten sich jetzt an Bord befinden? Neuntausend? Zehntausend? Es mußten einfach irrsinnige Zustände dort herrschen. Aber für das Geleit von Pillau mußte es noch schlimmer sein, denn dessen Schiffe waren wesentlich kleiner, aber genauso überladen, und der ganze Geleitschutz bestand aus einem bewaffneten Fischdampfer und einem Eisbrecher.

Ich erreichte den Turm. Es herrschte noch immer ein mistiges Sauwetter mit Schneetreiben und einem Beinahe-Sturm. Schlechte Bedingungen für U-Boote. Ich spähte zum Bug, konnte aber in Anbetracht der Dunkelheit selbst den Netzabweiser kaum erkennen.

Oberleutnant Wengert tippte sich an den Südwester. »Sichtverhältnisse nahe null, Herr Kapitän!«

Noch bevor ich dazu kam, ein paar passende Worte zu dieser grandiosen Meldung zu sagen, ließ ein Knirschen von vorne uns beide zusammenfahren. *Eis!* »Auf zehn Knoten runtergehen!« befahl ich sofort. »Tiefenruder prüfen!«

»Das fehlt uns gerade noch!«

»Hoffen wir, daß es nur vereinzelte Schollen sind.«

»Von hier oben sehen wir sie nicht einmal.« Wengert machte ein ratloses Gesicht. »Wir können nur hoffen ...«

»Dem Druckkörper kann das Eis wenig anhaben.

Wenn nur die Tiefenruder nichts abbekommen.« Unter meiner Mütze sträubten sich die Haare, als es wieder knirschte. Aber da half alles nichts. Wir mußten vorankommen. Frierend und müde starrten wir in die Dunkelheit. Minuten vergingen, reihten sich zu Viertelstunden. Und der Wind wurde stärker. Schon wehte der Schnee beinahe waagerecht heran.

Aus einem der Sprachrohre kam eine Meldung. Der I WO mußte sich tief über das Rohr beugen, um bei dem heulenden Wind zu verstehen, was man ihm aus der Zentrale mitteilen wollte. »Funkspruch, Herr Kapitän! Von Kiel aus kommen M-Böcke. Sie laufen der *Gustloff* entgegen.«

Ich runzelte die Stirn. »Bis zu welcher Position?«

Er fragte kurz nach. Dann schüttelte er den Kopf. »Da muß was falsch verstanden worden sein. Der Funkspruch sagt 55° 8′ Nord, 17° 0′ Ost. Das ist viel zu weit weg von der Küste.«

Mir wurde noch etwas kälter, als mir ohnehin schon war. »Das ist kein Irrtum!« Ich schlug wütend gegen die Turmbrüstung. »Das ist kein verdammter Irrtum! Der verfluchte Idiot nimmt den Tiefwasserweg. Räumweg Nummer 56, Sie erinnern sich an die geräumten Wege?«

»Natürlich, aber wieso? Es gibt Wege näher der Küste, und die U-Boote …«

»Das weiß ich, Oberleutnant!« Ich sah ihn an und schüttelte den Kopf. »Erzählen Sie das dem Kapitän auf der *Gustloff*. Offenbar hat sich dieser Petersen doch durchgesetzt!«

»Aber ich dachte, Korvettenkapitän Zahn hätte das Kommando?«

Ich mußte wieder an meine Unterhaltung mit dem Steuermann denken. »Darauf hatte ich gehofft, aber die *Gustloff* ist immer noch ein KdF-Dampfer.«

Wengert wollte etwas sagen, aber aus dem Sprachrohr kam eine neue Meldung. Der I WO lauschte und hob dann wieder den Kopf. »Noch ein Funkspruch. Das Geleit aus Pillau hat 18° 30′ Ost passiert.«

»Danke, I WO. Das bedeutet, es befindet sich hinter der *Gustloff* und deren Geleit, wenn es jetzt erst auf der Höhe von Gotenhafen ist.«

»Wahrscheinlich laufen sie näher an der Küste, zumal die Schiffe auch kleiner sind.«

Ich verzog das Gesicht. »Die *Gustloff* hat auch nur sieben Meter Tiefgang. Selbst überladen könnte sie ohne Probleme entlang der Zwanzigmeterlinie laufen.«

»Sie glauben also wirklich, sie läuft weiter draußen, Herr Kapitän? Aber wieso?« Wengert sah mich ungläubig an. »Ich verstehe es nicht.«

»Es kann diverse Gründe geben. Angst vor Minen, Befürchtungen wegen der Überladung, was auch immer. Und Petersen, der Kapitän der KdF, ist ein älterer Herr aus der Zivilschiffahrt. Er kann sich wahrscheinlich kaum vorstellen, daß ein russisches U-Boot ein Flüchtlingsschiff angreift.«

Der Oberleutnant biß sich auf die Lippen. »Es wäre ein Kriegsverbrechen.«

»Nein.« Ich schüttelte den Kopf. »Die *Gustloff* trägt Flakbewaffnung, und an Bord befinden sich rund eintausend Soldaten der ULD. Damit gilt sie nach internationalem Recht als Truppentransporter. Sie werden doch außerdem nicht wirklich glauben, daß ein russischer U-Boot-Kommandant bei diesem Wetter wird klar erkennen können, wen oder was er da vor sich hat?«

Der Oberleutnant schwieg einen Augenblick. »Da haben Sie natürlich recht, Herr Kapitän. Aber was können wir tun?«

»Wir drehen in den Räumweg Nummer 56 und laufen vor der *Gustloff* her. Sie kann bei dem Zustand ihrer Maschinen höchstens zwölf Knoten laufen lassen, eher noch weniger.« Ich starrte erneut in das Schneegestöber. Täuschte ich mich, oder wurde es schwächer?

Wieder einmal pfiff es aus dem Sprachrohr. Der I WO nahm die Meldungen entgegen. »Noch mehr Funksprüche. T-1 kehrt nach Gotenhafen zurück wegen Maschinenproblemen, die *Hansa* ebenso.«

»Nett! Sonst noch irgendwelche erfrischenden Nachrichten aus dem Äther?«

»Gotenhafen meldet erhöhte U-Boot-Aktivität. Leider nicht wo und woher sie diese Weisheit haben.«

Ich kratzte mich am Kinn. »Kriegen unsere Funker vielleicht das Hauptquartier in Swinemünde rein?« Nachdenklich sah ich mich um. »Die Sicht wird besser, der Schneefall hört auf.«

Wengert starrte mich an. Die Wetterbesserung genau jetzt war auch alles andere als ein erfreulicher Sachverhalt. »Verdammt!«

Wieder kam eine Meldung von unten. Die Funker gaben anscheinend alles weiter, so schnell sie es notieren konnten. Es schien eine Nacht des fleißigen Funkverkehrs zu werden. Wengert hob den Kopf und nickte. »Das ist mal was Neues. Die *Admiral Hipper* läuft ebenfalls mit Flüchtlingen an Bord aus. Alle Einheiten werden angewiesen, deren Funkverkehr Vorrang zu geben.«

Die *Hipper* war einer unserer letzten schweren Kreuzer und das größte Kriegsschiff so weit im Osten. Nun transportierte es also auch Flüchtlinge. Ich fragte mich, wie viele man in die Enge dieses Schiffes quetschen konnte. Tausend? Zweitausend? Der Kreuzer würde mit hoher Fahrt laufen, zwar nicht mit den ursprünglich möglichen mehr als zweiunddreißig Knoten, denn Kesselraum drei funktionierte schon länger nicht mehr und sollte nun endlich in Kiel repariert werden. Eine Geschwindigkeit von über siebenundzwanzig Knoten war aber immer noch möglich, genug, um jedem U-Boot davonzudampfen. »Die *Hipper* kann wenigstens auf sich selbst aufpassen. Ich frage mich nur, warum sie ausgerechnet jetzt ausläuft. Ich vermute, die Russen müssen irgendwo durchgebrochen sein, und jetzt flattern jemandem die Hosen.«

Wir kamen nicht dazu, das Thema näher zu erörtern. Einer der Ausgucks bewegte sich unruhig. »Lichtschein Backbord achteraus.«

Wie auf Kommando hoben wir die Gläser und spähten in die angegebene Richtung. Ich mußte etwas suchen, denn der schwache Lichtschein war fast nicht auszumachen. »Ein schwacher Schein, sehr weit entfernt.« Ich ließ das Glas sinken und wandte mich dem Sprachrohr zu. »Brücke an GHG: Was sprechen die Fische? Backbord achteraus ist ein Licht.«

Der Funker am Horchgerät nahm sich Zeit mit der

Antwort, um seiner Sache sicher zu sein. »GHG an Brücke. Es gibt einen sehr schwachen Kontakt, der von einem Turbinenantrieb stammen könnte. Aber die Entfernung ist schwer zu schätzen.«

»Danke!« Ich sah Wengert an. »Turbinenantriebsgeräusche aus der angegebenen Richtung, aber der Horcher vermag die Entfernung nicht zu bestimmen.«

»Eventuell stammt das Licht von dem Leuchtturm auf der Halbinsel Hela, und der Kontakt befindet sich irgendwo zwischen uns.«

Ich schüttelte den Kopf. »Dafür sind wir viel zu weit weg. Bei unserer Augenhöhe können wir von hier nie und nimmer den Leuchtturm sehen, der außerdem gelöscht sein sollte.« Erneut richtete ich mein Glas in die Richtung, aus der wir den Lichtschein wahrgenommen hatten, doch der war bereits wieder verschwunden. »Es kann sich nur um ein Schiff handeln.«

Wengert riß die Augen auf. »Das kann dann eigentlich nur die *Gustloff* sein.«

Ich nickte langsam. »Was mag die für ein Teufel reiten, statt abgedunkelt mit Festbeleuchtung durch die Gegend zu rauschen?« Ich spürte, wie sich eiskalte Furcht in mir breitmachte. Das Schiff lockte ein feindliches U-Boot geradezu an.

»I WO, gehen Sie mit der Fahrt runter. Wenn es die *Gustloff* ist, sollte der Lichtschein wieder in Sicht kommen. Ich bin unten und höre mal selbst herum.«

Der Oberleutnant tippte kurz an seinen Südwester. »Jawoll, Herr Kapitän!«

Noch während er hinter mir Befehle ins Sprachrohr gab, beugte ich mich über das Luk: »Wahrschau, ein Mann Zentrale …«

* * *

»Da ist er wieder!« Der Horcher flüsterte nur, obwohl wir nicht einmal getaucht waren. Es mußte an der Anspannung liegen, unter der er stand.

Im zweiten Kopfhörer hörte auch ich das typische Pfeifen. »Kann eigentlich nur die *Gustloff* sein. Wie schätzen Sie den Abstand?«

»Fünfzehn bis zwanzig Meilen.« Er zuckte unsicher mit den Schultern. »Schwer zu sagen unter diesen Bedingungen, Herr Kapitän!«

Ich nickte langsam. »Könnte hinkommen. Eher zwanzig, wenn ich an den Lichtschein denke.« Nachdenklich streifte ich die Kopfhörer ab. »Ich schaue mal auf die Karte. Jeden Kontakt sofort melden!«

»Jawoll, Herr Kapitän!« Der Mann sah mich an, als wolle er mir damit sagen, das tue er doch selbstverständlich ohnehin.

Dafür, daß mit seinem alten Schätzeisen, vor allem hier in der flachen Ostsee, keine präziseren Angaben möglich waren, konnte er nichts. »Sie tun Ihr Bestes, ich weiß!«

Als ich in die Zentrale kam, fiel mein Blick zuerst auf die Uhr über dem Kartentisch. Halb acht, aber soweit es uns betraf, konnte es auch schon mitten in der Nacht sein. Ich schob mich neben den Steuermann und studierte die akkurat gezeichneten Eintragungen. Unser Kurs, jener des unbekannten Schiffes mit Turbinenantrieb, alles war sauber vorgekoppelt.

Wir standen mitten im geräumten Weg Nummer 56, einer Gasse, von der die Minensucher behaupteten, sie sei sauber, aber zu schmal, um zu zacken. Tatsächlich gab es keine Anzeichen, daß das Schiff hinter uns zackte.

Der Blick des Steuermanns folgte den Bewegungen meines Zeigefingers auf der Karte, und er nickte. »Wenn er Kurs und Fahrt so beibehält und dem Zwangsweg folgt, dann kann er uns in fünf Stunden eingeholt haben. Es sei denn, Sie wollen mit der Fahrt weiter runtergehen.«

»Wir laufen sowieso nur halbe Fahrt.« Nachdenklich deutete ich auf eine andere Kurslinie. »Das Geleit aus Pillau?«

Er sah mich entschuldigend an. »Ich habe etwas vorgekoppelt.«

»Dann stimmen aber die Zeiten nicht. Das Geleit hat doch um sechs auf der Höhe von Gotenhafen gestanden.«

»Ich bin mir da nicht so sicher.« Er zögerte. »Das paßt alles irgendwie nicht zusammen. Der Funkspruch stammt von achtzehn Uhr, aber wie alt ist die Originalmeldung?«

Ich starrte ihn an. »Was wollen Sie damit sagen?«

»Der Funkspruch kam nicht vom Pillau-Geleit selbst, sondern wurde von der Funkstelle in Gotenhafen wiederholt.« Er deutete auf die Karte. »Aber wenn das Geleit in Pillau pünktlich losgekommen ist, kann es bereits kurz nach dem Auslaufen der *Gustloff*, gegen dreizehn Uhr, Gotenhafen passiert haben. Fünf Stunden früher also, und wenn man das weiterkoppelt …«

Mein Blick folgte der Kurslinie mit den vorgekoppelten Positionen. »Das hieße, das Geleit steht jetzt irgendwo auf unserer Höhe, jedenfalls, wenn es sich an der Küste gehalten hat.«

»Der kürzere Weg, Herr Kapitän.« Der Steuermann runzelte die Stirn. »Natürlich kann ich auch völlig falschliegen. Die *Gustloff* hat sich ja auch für einen Weg weiter draußen entschieden, um der Minengefahr zu entgehen.«

Kopfschüttelnd studierte ich die Karte. »Purer Unverstand, gepaart mit hellem Wahnsinn.«

»Stimmt!« meinte der erfahrene Navigator lapidar.

Ich deutete auf die Tiefenangaben. »Ein russischer U-Boot-Kommandant muß davon ausgehen, daß ein so großes Schiff wie die *Gustloff* grundsätzlich nicht ohne U-Boot-Sicherung läuft. Er kann ja nicht ahnen, wie es um unsere tatsächlichen Kapazitäten dafür bestellt ist.« Beinahe automatisch glitt mein Finger über Kaffeeränder und schlecht ausradierte Kurse früherer Fahrten. Die Zahlen wurden immer kleiner, die Vorstellung in meinem Kopf dafür immer klarer. »Wenn er das Schiff sichtet, wird er ihm folgen. Er wird annehmen, daß der Geleitschutz sich zur offenen See hin konzentriert. Wegen des tieferen Wassers die logische Seite für einen U-Boot-Angriff. Also wird er genau das nicht tun!«

Der Steuermann sah mich ruhig an. »Nein. Er wird sich zwischen sein Ziel und die Küste quetschen, um von der Landseite her anzugreifen. Damit geht er zwar ein höheres Risiko wegen der Minen ein, aber das dürfte vertretbar sein.«

Ich schluckte schwer. »Und wenn er sich so verhält, dann liefert ihm sein Horchgerät auch gleich noch das Pillau-Geleit.« Dreißig Meter Tiefe, mein Finger verharrte an einem bestimmten Punkt. Das Szenario, das wir soeben durchgegangen waren, war für einen entschlossenen Kommandanten mit einer guten Besatzung umsetzbar. Immer vorausgesetzt, daß überhaupt ein russisches U-Boot da war. Aber sollte dem so sein, dann würden die Russen sicher nicht ihre schlechtesten Leute in diesen Einsatz geschickt haben.

»Wäre ich ein Iwan, würde ich nördlich der Stolpebank lauern.«

Die Bemerkung des Steuermannes ließ mich aufhorchen. Ich schüttelte den Kopf. »Die Tommies haben zwar immer wieder Minen in die Wege südlich geworfen, doch auch unsere Minensucher waren nicht faul, was den Gentlemen kaum entgangen sein dürfte. Und was den Engländern bekannt ist, das wissen unter Garantie auch die Russen.«

»Gut, dann also östlich oder westlich, falls sich irgendwo die Boote herumtreiben. Falls sie überhaupt lauern.« Seine Unsicherheit war deutlich spürbar. Allerdings bezweifelte ich, daß wir uns hier völlig umsonst den Kopf heiß redeten.

Mit einem Stechzirkel nahm ich ein paar Entfernungen aus der Karte. »Sie werden da sein. Die Situation hat sich geändert, seit der russischen Marine auch die finnischen Stützpunkte zur Verfügung stehen, und sie wird ihre Chance suchen. Bei den Roten pfeifen doch auch schon die Spatzen von den Dächern, daß wir nach Westen abhauen.«

»Also?«

Ich sah ihn an. »Was, also, Herr Steuermann?«

»Was tun wir?«

Nachdenklich sah ich ihn an. »Die *Gustloff* hat vielleicht zehntausend Menschen an Bord. Sie wird nur von einem alten Torpedoboot gesichert, dessen U-Boot-Ortungsgerät bei diesen Temperaturen wahrscheinlich sowieso längst den Geist aufgegeben hat. Dazu kommt, daß sie gerade einmal zwölf Knoten läuft, also einem U-Boot nicht entkommen kann. Lassen wir mal außen vor, daß der Zossen in diesem Augenblick mit Positionslichtern mitten durch die dunkle Ostsee dampft.« Ich legte meinen Finger auf einen anderen Punkt auf der Karte. »Wenn unsere Annahmen zutreffen, dann läuft hier dicht unter der Küste das Pillau-Geleit mit einem armselig bewaffneten Fischdampfer und einem Schlepper mit ein paar kleinen Flakgeschützen, dessen Hauptwert darin bestehen dürfte, notfalls jemanden in Schlepp nehmen zu können. Deren Besatzungen haben in ihrem ganzen Leben noch nicht mal Bekanntschaft mit einem S-Gerät gemacht. Hinzu kommt, daß das Pillau-Geleit im günstigsten Fall neun Knoten läuft. Und zu allem Überfluß haben wir auch noch den Riesendampfer, der jedes feindliche U-Boot in der ganzen Ostsee noch extra anlockt.«

Der Steuermann sah mir ernst ins Gesicht. »Das ist eine Entscheidung, die ich nicht treffen möchte.« Er zögerte. »Tut mir leid, Herr Kapitän.«

»Schon gut! Nachdem das Pillau-Geleit ohne die *Steuben* abgefahren ist, was schätzen Sie denn so ungefähr, wie viele Leute es alles in allem an Bord haben könnte?«

»Keine Ahnung, Herr Kapitän«, bekannte der Steuermann. »Wir haben es mit sieben kleinen Frachtern, den beiden Geleitern und einem kleineren Passagierdampfer zu tun.«

»Bei einer vorsichtigen Hochrechnung könnte also das Geleit insgesamt mehr als doppelt so viele Menschen an Bord haben wie die *Gustloff.*« In der Zentrale verstummten die leise geführten Gespräche. Alle lauschten, warteten auf meine Entscheidung. Aber die konnte ich nicht so einfach treffen. Tief in mir spürte ich, daß etwas geschehen würde, ganz einfach, weil es unabwendbar war. Beschloß ich, näher an die *Gustloff* heranzugehen, eröffnete ich den Iwans die Chance, das ganze Pillau-Geleit unter Wasser zu treten. Lief ich vor dem Pillau-Geleit her, dann mußte der riesige Dampfer sich auf ein einziges altes Torpedoboot als Geleit verlassen. Verdammt, der Zossen war dann so gut wie tot, falls es zum Schlimmsten kam! Nur wer wollte das im vorhinein wissen können? Die Instinkte des U-Boot-Kommandanten in mir rebellierten, und ich hatte gelernt, auf sie zu hören; oft genug hatten sie sich in der Vergangenheit bei heiklen Situationen bewährt, wenn andere Boote sich plötzlich nicht mehr meldeten.

»Also gut!« sagte ich und deutete auf eine Position auf der Karte. »Hierhin zum ersten Rundhorchen. Danach halten wir uns genau zwischen den beiden Geleiten, horchen, setzen uns vor und horchen wieder.«

»Was ist mit der Stolpebank?« erkundigte sich der Steuermann.

Die Untiefe nördlich von Stolpemünde befand sich knappe fünfundvierzig Seemeilen westlich von uns.

»Das fragen Sie mich in etwa fünf Stunden bitte noch mal.«

Er nickte ruhig. Eigentlich hatte ich auf eine Erwiderung gewartet, aber er nickte nur ein zweites Mal. »Fünf Stunden also, Herr Kapitän!«

Ich blickte noch mal auf die Eintragungen in seiner Karte. Deutlich erkennbar waren diverse, in seiner gestochen klaren Handschrift vorgenommene Markierungen zwischen uns und der Stolpebank: Minen. Ich hielt es für besser, mich im Moment dazu auszuschweigen.

* * *

Der eisige Wind und die Nässe drangen nach einer Weile selbst durch das dicke Lederzeug und den Pullover darunter, den Anke mir gestrickt hatte. Trotzdem blieb ich auf dem Turm, denn die Männer der Wache mußten schließlich auch hier oben aushalten. Der Wachwechsel war zwar statt der üblichen vier auf zwei Stunden verkürzt worden, aber dennoch rutschten die Männer eher, als daß sie kletterten, anschließend nach unten und waren kaum noch fähig, sich selbst aus dem Ölzeug zu schälen. Überkommendes Spritzwasser setzte sich überall ab und gefror, auf dem Netzabweiser, den Turmgrätings oder auch in den Bärten und auf den Klamotten. Wenn die Männer nach unten kamen und der Zentralemaat ihnen die dicken Handschuhe von den steifen Fingern gezogen hatte, umklammerten sie minutenlang erst einmal die heißen Teebecher, bis das Gefühl schmerzhaft in die Glieder zurückkehrte.

Auch ich selbst bewegte mich wie ein Schneemann, dabei war ich noch gar nicht so lange hier oben. Mein Körper verlangte trotzdem bereits danach, in die vermeintliche Wärme der engen Röhre zurückzukehren. Aber das kam natürlich nicht in Frage.

»Bald Zeit zum Rundhorchen, Herr Kapitän!«

Unter der Sturmhaube klangen die Worte des Steuermanns, der um acht die Wache vom I WO übernommen hatte, dumpf. Wengert würde in der Zwischenzeit wohl bereits wieder einigermaßen aufgetaut sein. »Noch keine Kursänderung?«

»Erst in ein paar Minuten, Herr Kapitän.«

»In Ordnung. Danach tauchen wir.« Ich wandte mich einmal mehr nach Steuerbord. Trotz des immer noch andauernden Schneefalls konnte ich den Lichtschein achteraus erkennen.

Auch der Steuermann hob sein Glas. »Ich glaube, ich kann bereits ein rotes Licht und weiße Dampferlaternen ausmachen.«

»Sieht ganz so aus.« Mißmutig starrte ich durch das Glas. Der Steuermann hatte recht. Es mußte ein großer Dampfer sein, wenn die Laternen so hoch hingen. Da wir sein rotes Backbordlicht erkennen konnten, lief er also ganz offensichtlich in die gleiche Richtung wie wir, ein paar Grad hin oder her, aber nach Westen. Sollte es einen Zweifel gegeben haben, dann war er jetzt endgültig beseitigt. »Es ist die *Gustloff*. Andere Dampfer in dieser Größe sind hier nicht unterwegs.«

»Und wenn wir sie so deutlich sehen können, dann vermag dies auch jeder andere.« Er zögerte kurz. »Jemand sollte sie warnen.«

Erstaunt sah ich ihn an. »Das ist doch schon die ganze Zeit über erfolgt, vor dem Auslaufen, dann gab es die Warnung vor U-Booten, die von der Funkstelle Pillau weitergegeben worden ist. Verdammt, wer auch immer von den vier Kapitänen der *Gustloff* auf der Brücke letztlich das Sagen haben mag, sie alle *wissen,* daß hier U-Boote lauern können.« Ich atmete tief durch. »Wenn wir jetzt funken oder ihn anmorsen, dann machen wir damit nur auf uns aufmerksam und verschenken unsere Chance, noch einen Daumen dazwischenzuhalten, sollte es dick kommen.« Ich senkte meine Stimme. »Außerdem müssen wir an das Pillau-Geleit denken, Steuermann.«

»Ich wollte Ihnen nicht vorschlagen ...« Der Steuermann brach ab, als Wengerts Stimme aus dem Sprachrohr drang. »Brücke? Zeit zur Kursänderung auf zwo-sieben-null!«

Ich beugte mich über das Sprachrohr. »Klar zum Tauchen! Steuerbord zehn!« Ein letztes Mal sah ich zu dem Lichtschein achteraus. *Verdammter Mist!* Dann nickte ich dem Steuermann zu. »Einsteigen!«

Die Wache verschwand durch das Turmluk, während der Bug bereits unterschnitt. Ich mußte mich beeilen, als ich als letzter einstieg. Schnell knallte ich das Luk über meinem Kopf zu und ließ das Handrad wirbeln. Immer wieder unterschätzte ich das kleine Boot. Es tauchte einfach viel schneller als die großen Boote, an die ich gewöhnt war.

Unten in der Zentrale herrschte das gewohnte Durcheinander. Oberleutnant Wengert stand mitten in der Zentrale und überwachte alles. Als meine Seestiefel auf das Deck knallten, tippte er kurz an die Mütze. »Ruder liegt Steuerbord zehn, neuer Kurs wird zwo-sieben-null!« Er sah kurz zum LI hinüber, der bereits begann, das Boot abzufangen. Noch waren wir in einigermaßen tiefem Wasser, wenigstens für Ostseeverhältnisse, aber das würde sich bald ändern.

Der LI griente mich an, als könne er meine Gedanken lesen. »Zwanzig Meter, Herr Kapitän!«

Ich spürte die leichte Nickbewegung, als er das Boot durchpendeln ließ. Tiefes Wasser bedeutete hier vielleicht achtundzwanzig oder neunundzwanzig Meter. Verglichen mit dem Atlantik, war die Ostsee eine verdammte Badewanne. Nur äußerlich ruhig nickte ich Wengert zu. »Weitermachen, ich bin beim Horcher! Wenn wir auf dem neuen Kurs sind, Schleichfahrt, wenn ich bitten darf. Und Ruhe im Boot!«

»Jawoll, Herr Kapitän!«

Zufrieden wandte ich mich ab, Wengert war auf Draht. Eigentlich hätte er kommandieren sollen. Er kannte die Gewässer, das Boot und die Besatzung, während ich dauernd improvisieren mußte. Aber wahrscheinlich war er nicht besonders scharf darauf, hier herumzugondeln, wenn ihm dabei ein ausgewachsener Fregattenkapitän und Ritterkreuzträger über die Schulter sah. Doch ich kochte ja auch nur mit Wasser.

Der Funker, ich hatte inzwischen erfahren, daß sein Name Olm war, saß mit halb geschlossenen Augen am GHG und drehte langsam das Handrad. Ich angelte über ihn hinweg nach dem zweiten Paar Kopfhörer. »Was erzählen die Fische?«

Olm öffnete die Augen etwas weiter, behielt aber den Blick auf die Gradskala gerichtet. »Der Dicke mit dem Turbinenantrieb läuft weiter auf seinem alten Kurs, Herr Kapitän! Peilt in null-neun-eins. Den Schraubenumdrehungen nach würde ich sagen, etwa zwölf Knoten, aber seine Maschine klingt, als würde sie bald kotzen!«

»Netter Vergleich, Olm.« Ich griente. »Und was haben wir sonst?«

Er sah auf die Skala. »Zwo-sechs-null.« Konzentriert lauschte er.

In meinem Kopfhörer mischten sich etliche Schraubengeräusche mit dem typischen Stampfen von Kolbenmaschinen und auch dem Nageln eines Dieselmotors. »Könnte das das Pillau-Geleit sein?«

Olm bewegte das Handrad feinfühlig hin und her. »Ich komme auf sieben größere Schiffe mit Kolbenmaschinen. Dann habe ich einen Dieselmotor und einen, den ich nicht eindeutig ausmachen kann.«

»Das haut hin. Sieben Frachter, ein Fischer und ein Schlepper.«

»Dann ist es das Pillau-Geleit. Klingt zwar etwas seltsam, aber ich glaube, das liegt an den Echos im flachen Wasser. Die müssen ziemlich dicht an der Küste sein.« Beiläufig drehte er das große Rad etwas weiter. Ich sah, wie er sich plötzlich versteifte, aber da hatte ich das Geräusch auch schon wahrgenommen.

»Diesel!« Er stieß das Wort beinahe wie einen Fluch aus. »Offenbar mit hoher Fahrt unterwegs!«

Ich lauschte in meine Kopfhörer. Das Wummern schwerer Dieselmotoren, die mit Sicherheit zu keinem Fischtrawler gehörten, war unverkennbar. Trotzdem klangen sie irgendwie gedämpft, und noch während ich hinhörte, veränderte sich ihr Geräusch. Das

Wisch-Wisch der Schrauben wurde stärker. Ich sah Olm an. »Was tut er?«

»Er dreht ... von uns weg ... zwo-sechs-null. Beinahe an Backbord querab. Der muß ziemlich nahe sein, keine fünf Meilen weg.« Wieder verstrichen ein paar Sekunden, aber ich ließ dem Horchfunker Zeit, sich seine Meinung zu bilden. Endlich sprach er weiter. »Der dreht lange. Scheint beinahe kehrtzumachen, der Bursche.«

Das Geräusch wurde langsam stetig, die Kursänderung mußte nahezu beendet sein. In meinem Kopf formten sich die Peilungen und Kurse, soweit ich sie kannte, so langsam zu einem Bild. »Er läuft parallel zum Pillau-Geleit?«

»Scheint so, Herr Kapitän!« Er begann, das Rad weiter herumzudrehen, um wenigstens einmal im Kreis herumzuhorchen. Aber die See schien ansonsten leergefegt zu sein. Erst als er schon fast wieder in Richtung der *Gustloff* angelangt war, hörten wir plötzlich wieder das typische Wummern der Diesel. Verdutzt sahen wir uns an.

»Was ist das denn? Ein zweiter Freund von der Sorte?«

Olm biß sich auf die Lippen. »Bin mir da nicht sicher, Herr Kapitän, weil der Klang nahezu identisch ist.«

Ich äugte auf den Ring mit den Gradzahlen. »Leicht hinter uns, Steuerbord achteraus, beinahe querab, und akustisch für mich genauso laut oder leise wie der andere.«

Olm nickte. »Ja, hört sich jedenfalls so an.«

Ich dachte kurz nach. Daß gleich zwei russische

U-Boote hier so dicht beieinander operierten, war eigentlich unwahrscheinlich und widersprach jeder strategischen Logik. Im Prinzip würde dies bedeuten, daß mindestens einer da jagte, wo er laut seinen Befehlen nichts zu suchen hatte, und wenn ich an das flache Wasser dachte, dann wohl eher beide. Und daß dann beide ausgerechnet auch noch den gleichen Abstand zu uns haben sollten, konnte ich einfach nicht glauben. »Eines der Geräusche muß ein Echo sein. Aber welches?«

»Das an Steuerbord hört sich eine Spur dumpfer an. Ich tippe daher darauf, daß jenes an Backbord das echte sein könnte, Herr Kapitän.«

Mißmutig verzog ich das Gesicht. »Wenn dem so ist, dann muß der Kommandant die *Gustloff* doch auch hören und sogar sehen können. Die kann er doch nicht einfach ignorieren?« Ich dachte laut weiter vor mich hin. »Natürlich kann er das, wenn sich ihm die Alternative bietet, gleich mehrere Schiffe zu versenken, und dies mit weniger Risiko für ihn. Außerdem wird er davon ausgehen, daß der dicke Brocken stark gesichert ist. Und die Tatsache, daß er keine Bewacher hört, wird ihm nicht genügen, um von dieser an sich durchaus berechtigten Annahme abzuweichen.« Ich sah Olm an. »Behalten Sie den oder die Burschen im Ohr. Wir folgen dem an Backbord!«

Entschlossen streifte ich den Kopfhörer ab und kehrte in die Zentrale zurück. Wengert sah mir bereits entgegen. »Neue Befehle, Herr Kapitän?«

»Auftauchen und mit AK dem Kontakt an Backbord hinterher, der offenbar an das Pillau-Geleit will.« Ich sah ihn an. »Der andere ist hoffentlich wirklich nur ein Echo.« Ohne auf eine Antwort zu warten, trat ich an den Kartentisch, angelte nach Bleistift und Kursdreieck und koppelte mir einen Kurs aus. Ich wollte versuchen, so nah wie möglich an das Pillau-Geleit zu kommen. Unser dunkelgraues Boot mußte für den Russen nahezu unsichtbar sein, genauso, wie er umgekehrt für uns kaum zu erkennen sein würde, und solange er mit AK lief, konnte er uns auch kaum hören, wenn wir in seinem Rücken blieben. Theoretisch zumindest.

Das Boot schüttelte sich etwas stärker, als der LI die E-Maschinen für einen Augenblick auf AK gehen ließ. Luft zischte in Zellen und beschleunigte das Manöver weiter. Mit der ihm eigenen Agilität durchbrach das Boot die Wasseroberfläche. Sofort begann es, sich wieder im Seegang zu wiegen. Der Steuermann und seine Wache stürmten die Leiter hoch auf den Turm.

Die Wellen mochten einen Meter hoch sein, vielleicht etwas mehr, vielleicht etwas weniger, nichts, was unserem Boot etwas ausmachte, aber die See war einfach saukalt, und die Sicht würde wieder schlechter werden.

Das alles wußte der russische Kommandant auch. Was also würde er tun? Natürlich würde er sich vorsetzen, den Vorteil seiner flachen Silhouette und der dunkelgrauen Farbe nutzend. Der Angriff auf das Geleit würde nach klassischem Muster ablaufen, genau, wie ich dies selbst oft genug exerziert hatte. Über Wasser ran, einen Fächer feuern und wieder in der Dunkelheit verschwinden, bevor die Torpedos überhaupt einschlugen. Das Wasser war zu flach, um zu tauchen, aber solange er sicher sein konnte, daß keine

Schiffe mit Funkmeß unterwegs waren, war er auch an der Oberfläche sicher und hatte noch den Vorteil der höheren Geschwindigkeit auf seiner Seite.

»Neuer Kurs wird zwo-zwo-drei!« So einfach war das. Mit ein paar Worten hatte ich mich und jeden Mann meiner Besatzung festgelegt. Ich sah meinen I WO an, der sich kurz über die Karte beugte. »Er wird einen Überwasserangriff fahren, genau wie wir es in den ersten Kriegsjahren immer gemacht haben. Schließlich kann er sich ausrechnen, daß nur unsere größten Schiffe Funkmeß haben und noch nicht einmal alle von denen.«

Ich wandte mich um. Sieben Schiffe voller Flüchtlinge. Und weiter draußen die *Gustloff*. Zwanzigtausend Menschen hier, zehntausend da. Alleine bei dem Gedanken wurde mir schon übel.

* * *

Der Schneefall war wieder stärker geworden, aber keiner von uns spürte die Kälte. Das würde später kommen, wenn die Aufregung nachließ, uns das brennende Gefühl, zu spät zu kommen, wieder verlassen hatte – weil wir rechtzeitig dran waren oder vielleicht wirklich zu spät.

Aus roten Augen starrten wir in das Treiben der Schneeflocken, Minuten reihten sich zu einer Viertelstunde, dann zu einer halben Stunde. Unter meinen Füßen spürte ich das Vibrieren der Gräting. Der ganze Bootskörper vibrierte, weil der LI ohne Rücksicht auf Drehzahl oder Öldruck einfach Gas gab. Das war keine AK-Fahrt mehr, das war dreimal Wahnsinnige mit Zugabe. Wahrscheinlich konnten die Iwans uns in ihren Horchgeräten bis nach Leningrad hören, aber es war der falsche Zeitpunkt, um darauf Rücksicht zu nehmen. Sollte das U-Boot, hinter dem wir her waren, uns hören, konnte es wenden und seine Torpedos auf uns abfeuern. Aber selbst das hätte bedeutet, daß jeder Bewacher, selbst jeder andere harmlose Frachter im Pillau-Geleit, gewußt hätte, woran er war. Die Schiffe hätten sich noch dichter unter die Küste verdrückt, immer vom Risiko des Auflaufens bedroht. Aber selbst das war besser als das, was der Iwan mit ihnen vorhatte. Und der Russe selbst wäre eine Weile damit beschäftigt, seine Rohre nachzuladen.

»Zwanzig-fündundvierzig, Herr Kapitän!«

Ich trennte meinen Blick von dem Schneegestöber und starrte Wengert begriffsstutzig an. Erst mit gelinder Verzögerung kapierte mein von Kälte und Müdigkeit strapaziertes Hirn, was gemeint war. Zwanzig Uhr fünfundvierzig war der Zeitpunkt, zu dem wir laut Karte des Steuermanns dem russischen U-Boot nahe genug gekommen waren, um es selbst bei Nacht eventuell zu sehen. Aber bei diesem verdammten Schneefall war natürlich Essig damit!

»Kursänderung. Steuerbord zehn!« Ich spähte hinüber in die Richtung, in der ich die Küste wußte. Aber auch dort nur Dunkelheit, und ob da überhaupt noch vereinzelte Leuchtfeuer in Betrieb waren, wußte ich nicht, und Wengert deswegen fragen wollte ich auch nicht. Letztlich war es egal. Trotzdem ... irgendwo dort lief ein Geleit, und wenn ich richtig gerechnet hatte, würde der russische Kommandant sich nun weit genug vorgesetzt haben, um endlich an sein Ziel heranzustaffeln. Ich verzog das Gesicht unter meinem Schal, den ich mir vors Gesicht gezogen hatte. »Auf zwo-vier-null gehen! Klar zum Tauchen, wir horchen mal rum!«

»Jawoll!« Der I WO beugte sich über das Sprachrohr und gab die entsprechenden Anweisungen nach unten weiter. Ich klopfte dem Mann der Wache, der mir am nächsten stand, auf die Schulter. »Einsteigen!«

Sekunden später turnte auch ich auf die Leiter und schlug das Turmluk zu. Wieder einmal senkte sich der Bug unter Wasser.

Ich ignorierte die Routine des Tauchmanövers und ging gleich zum Horchschapp. Olm blinzelte mir zu. »Ich habe ihn!«

»Und was macht er?«

Der Funker reichte mir den zweiten Kopfhörer. »Er dreht, vermutlich nach Steuerbord.«

Im Kopfhörer vernahm ich ein leises Wisch-Wisch, etwas unscharf allerdings, aber deutlich weniger hochtourig als beim ersten Mal. »Scheint langsamer zu sein.«

Olm nickte. »Halbe Fahrt, schätze ich, so um die sieben Knoten.«

»Horchen Sie mal herum, was die Fische sonst noch sprechen!«

»Jawoll, Herr Kapitän!« Vorsichtig begann Olm, am Handrad des GHG zu drehen. Ich lehnte mich kurz gegen den Schottrahmen und dachte nach. Der Iwan schwenkte also auf Angriffskurs, aber die langsamere Fahrt verriet mir, daß er dem Braten nicht recht traute und immer noch mit Bewachern rechnete. Was für ein mißtrauischer Hund! Ich an seiner Stelle wäre erst einmal getaucht und hätte vergewissernd herumgehorcht. Daß er uns damit auch entdeckt haben würde, stand außer Frage.

Ein neues Geräusch im Kopfhörer ließ mich aus meinen Gedanken fahren.

Olm richtete sich kerzengerade auf. »Ein weiterer U-Boot-Diesel!«

Ich blickte auf den Zahlenkranz des GHG. Null-neun-drei! Alles Blut wich mir aus dem Gesicht, und auch Olm wurde totenbleich. »Es war also doch kein Echo.«

Ich lauschte auf das Dieselgeräusch. Die Aggregate hämmerten immer noch mit AK, ganz anders als die des Russen, dem wir gefolgt waren. Nun, da die beiden Boote unterschiedliche Fahrtstufen liefen, waren sie deutlich voneinander zu unterscheiden.

Ich fuhr herum. »Auftauchen! Beide AK, Kurs zwo-vier-null!«

Wengert, der nahe am Schott gestanden hatte, starrte mich an. »Aber ...«

»Torpedoklappen öffnen, Rohr eins bis drei bewässern!« Ich wandte mich wieder zu Olm um. »Sowie die Antenne aus dem Wasser ist, Funkspruch an die *Gustloff* und ihr Geleit. Warnen Sie sie!«

Preßluft zischte, und ich spürte, wie sich der Bug nach oben richtete. Mit einer Handbewegung zog ich den Schal wieder vor das Gesicht und trat unter das Turmluk. Schon hörte ich den LI: »Luk ist frei!«

Ich ließ das Handrad wirbeln und drückte den Deckel nach oben. Ein Schwall eisiges Wasser kam mir entgegen, und ich spürte, wie die Diesel von unten die kalte Luft ins Boot saugten. Wahrscheinlich war die Hälfte der Außenbordverschlüsse schon halb zugefroren. Mit einem zerquetschten Fluch sprang ich aus dem Luk, hinter mir folgten die Männer der Wache. Mit dem Fernglas spähte ich herum. Aber nichts, gar nichts war zu sehen. Der Wind war etwas stärker geworden, und das kleine U-Boot bewegte sich unruhig im Seegang. Doch die Wellenhöhe war im Vergleich zum Atlantik eher bescheiden und schon gar nicht dazu geeignet, ein U-Boot von einem Angriff abzuhalten.

Die Männer der Wache bezogen ihre Positionen. Wengert beugte sich über das Sprachrohr, nahm den Deckel ab und sprach ein paar Worte, die ich wegen des Windes nicht verstehen konnte.

Immer weiter stürmte *U 6*, blind und taub, eingehüllt in eine weiße Welt aus Schneeflocken, voran. Nur für kurze Augenblicke wehten Böen den Schnee zur Seite und gaben kurz den Blick frei auf ein Stück der Finsternis.

Der Finsternis? Mir stockte der Atem, als ich nach Steuerbord sah, und unter meiner Mütze sträubten sich die Haare. Zehn, vielleicht elf Meilen entfernt lief die *Wilhelm Gustloff*. Wenn der Wind für einen Moment die Sicht frei blies, vermochten wir alle auf dem Turm das große Schiff klar zu erkennen. Wir alle konnten es. Der Passagierdampfer trug Navigationslichter, und nicht einmal die Bullaugen waren abgedunkelt. Hell erleuchtet durchpflügte das Schiff die See, als befände es sich auf einer Kreuzfahrt in längst vergangenen Friedenszeiten. Diese verdammte Idiotie konnte doch einfach nicht gutgehen!

»Herr Kapitän!« Der Posten Steuerbord voraus deutete aufgeregt hinaus auf See.

Ich fuhr herum. »Was?« Doch da hatte ich schon das Glas gehoben. Ein paar Herzschläge lang dauerte es, bis ich entdeckte, worauf ich aufmerksam gemacht worden war. »I WO, U-Boot steuerbord voraus, zwei Dez!«

Wengert starrte gleichfalls durch sein Glas. »Ich sehe ihn nicht!«

Der dunkle Schatten war mittlerweile wieder im Schneetreiben verschwunden. Aber ich hatte genug gesehen. Ein großes Boot, vielleicht achthundert bis tausend Tonnen, ein glattes Deck, ähnlich unserem alten II-A-Boot. Nur vor dem Turm befand sich ein zusätzlicher Aufbau, und auch wenn ich es in der Dunkelheit nicht hatte sehen können, wußte ich doch, daß sich dort ein Geschütz befand. Schließlich hatten wir Deutschen die Dinger für die Russen ja gebaut, damals vor dem Krieg! Wahrscheinlich war das Boot auf der gleichen Werft auf Kiel gelegt worden wie *U 6* oder auch einige meiner früheren Boote.

»Sogenannte Stalinez-Klasse, vier Bugrohre, zwei Heckrohre, etwa vierzehn Knoten bei AK.«

Der I WO, der noch immer seine Augen vergeblich anstrengte, meinte folgerichtig: »Daß der Iwan uns bemerkt haben könnte bei den Verhältnissen, ist wohl eher unwahrscheinlich.«

Ich hatte mein Glas inzwischen nach Backbord geschwenkt, aber alles, was ich dort mehr erahnen als sehen konnte, war eine Art von Bewegung. Wäre da nicht ab und zu eine hellere Bugwelle auszumachen gewesen, hätte dort genausogut leere See sein können. Nur war sie nicht leer. Keine zwei Meilen von unserer Backbordseite entfernt lief das Pillau-Geleit, mit Flüchtlingen vollgestopfte Frachter, alle aber vorschriftsmäßig abgedunkelt und genau auf dem vorgesehenen Kurs nahe der Küste. Es gab also doch noch Kapitäne, die in dieser Nacht die Nerven behielten. Einmal mehr mußte ich an die Worte des Löwen denken. »Wir müssen mit Verlusten rechnen, aber ...« Jedoch nach Möglichkeit nicht bei diesem Geleit und nicht in dieser Nacht. »UZO auf die Brücke!« befahl ich daher.

»Sie wollen ihn über Wasser erledigen?« fragte Wengert.

»Viel Wasser unter uns haben wir hier sowieso nicht mehr, Herr Oberleutnant.« Ich wunderte mich, daß meine Stimme nicht zitterte. Es war nicht nur das Jagdfieber, das mich gepackt hatte, sondern die schiere Angst, zu spät zu kommen.

Ein Seemann reichte die schwere Zieloptik aus dem Luk. Ich nahm sie ihm ab und montierte sie selbst auf dem Sockel. »Nun macht mal ein bißchen Platz, Männer!« Ich beugte mich hinter das Okular und spähte durch das starke Nachtsichtglas. Doch auch darin war der Russe immer nur für Augenblicke auszumachen, obwohl der Abstand zwischen uns mittlerweile auf eine Meile geschrumpft war. »Fächer aus Rohr eins bis drei. Gegner Bug links, Fahrt sieben, Tiefe zwo.« Ich zögerte kurz. »Abstand fünfzehnhundert.«

Erneut trübte mir der Schnee die Sicht, und ich fluchte leise vor mich hin. Jede Minute brachte uns beinahe vierhundert Meter näher an den Russen ran, aber gleichzeitig verringerte sich in dieser Zeitspanne sein Abstand zum Geleit um zweihundert Meter. Und mit dem Feuer auf den Frachter beginnen konnte er eigentlich jederzeit. In weniger als einer Minute konnte auch ich feuern, nur mußte ich den Kerl zuvor erst einmal ins Visier kriegen!

Spritzwasser kam über, und auf der Optik perlten Wassertropfen. Unendlich lange dauerte es, wie mir schien, bis sich wieder eine Lücke im Schneetreiben auftat und das russische U-Boot wie eine Geistererscheinung sichtbar wurde. Alles, was ich erkennen konnte, waren der Turm und ein paar Gischtfahnen am Bug. Aber das reichte. Herrgott, waren wir schon nahe. »Abstand achthundert! Rohr eins los! Weiter nach Stoppuhr!«

Unter meinen Füßen ruckte der leichte Rumpf dreimal, als die Torpedos nacheinander auf die Reise gingen, drei Aale mit jeweils über einer Vierteltonne Sprengstoff. Es war nicht das erste Mal, daß ich ein U-Boot torpedierte. Ich wußte genau, schon ein einziger von den Aalen würde reichen, um den Russen, voll mit Brennstoff und Torpedos, wie er war, in eine gigantische Bombe zu verwandeln. Allerdings waren wir erheblich zu nahe an ihm dran und mußten daher schleunigst weg. »Hart Backbord!«

Wengert gab den Befehl weiter, und das Boot legte sich auf die Seite, als der Bug nach links ausschwenkte. Ich richtete mich auf und spähte dorthin, wo der Iwan laufen mußte, aber schon war er wieder hinter Schneeflocken und Gischt verschwunden. Meine Hände waren eiskalt, und überall auf unserem Turm hatten sich Eiszapfen gebildet, die zum Teil waagerecht vom Metall wegragten. Aber wenigstens klar denken konnte ich in der Kälte. »Stützruder! Wir drehen auf das Pillau-Geleit zu! Varta-Lampe auf die Brücke!« Noch ein weiterer Gedanke kam mir. »Ist der Spruch an die *Gustloff* raus?«

Der I WO beugte sich einmal mehr über das Sprachrohr. Der Rumpf richtete sich wieder etwas auf, als das Ruder gelegt wurde. Den Posten backbord voraus wies ich an, auf das Geleit zu achten.

Aus dem Turmluk wurde die Morselampe nach oben gereicht und von einem der Ausgucke entgegengenommen. Nervös sah ich mich um. Die Torpedos mußten doch den Iwan längst erreicht haben.

Erneut riß das Spiel des Windes den Vorhang über der Szenerie auf, weiter als bisher. Ein paar Atemzüge lang wurde das russische Boot sichtbar wie auf dem Präsentierteller ... und umgekehrt wir natürlich auch. Achthundert Meter betrug der Abstand, nicht mehr, aber jetzt lief es an unserer Steuerbordseite. Als glühende Punkte flogen drüben ein paar Zigarettenkippen über Bord, und die Männer stiegen fluchtartig ein.

»Er taucht!« In Wengerts Stimme schwang wilder Triumph mit. »Zu spät!«

Schon schnitt der Bug des Russen unter, alles geschah in Windeseile. Der Turm verschwand unter Wasser. Hatte ich danebengezielt?

Plötzlich schien die See aufzuleuchten. Der Turm des Bootes durchbrach mit Urgewalt die Oberfläche, als Einzelteil ohne den Bootskörper! Eine gigantische Wassersäule schoß in die Höhe, gefolgt von einem mächtigen Grollen. Unser Boot bockte kurz, als die Druckwelle uns erreichte. Eine Windböe brachte neuen Schnee und entzog den Rest des Dramas unseren Augen, aber wir wußten auch so, daß der Iwan erledigt war. Die Männer der Wache jubelten laut, und Wengert hatte etwas Mühe, sie wieder zur Ruhe zu bringen.

Ich beugte mich über das Sprachrohr. »Zentrale, für Funk: Ist der Spruch an die *Gustloff* raus?«

Es dauerte einen Augenblick, bis der Zentralemaat antwortete. »Die Frequenzen sind zu, Herr Kapitän! Die Funker versuchen weiter ...« Den Rest hörte ich schon nicht mehr, weil ich unwillkürlich den Kopf gehoben hatte. Ein Donnerkrachen, allerdings weit entfernt, drang an unsere Ohren, dem ein weiterer hallender Schlag folgte. Und noch einer, ein paar Sekunden später.

Wengert und ich sahen uns entsetzt an. Aller Triumph war aus dem Gesicht meines I WO verschwunden. »Die *Gustloff*!«

Ich nickte. »Der zweite Russe muß sie erwischt haben.« Für einen Augenblick war alles in mir wie gelähmt. Bei der Vorstellung des sinkenden Schiffs voller Flüchtlinge sträubten sich mir die Haare unter der Mütze. Bei drei erhaltenen Treffern bestanden kaum Zweifel, daß das Schiff untergehen würde. Offen blieb, wie schnell oder langsam dies vonstatten ging.

In meinem Inneren machte sich eiskalte Furcht breit. Die *Gustloff* würde sinken, andere Schiffe ihr zu Hilfe eilen. Als erstes das Torpedoboot, das den Passagierdampfer eskortiert hatte, dazu dann die M-Böcke, die ihr von Kiel aus entgegenliefen, der schwere Kreuzer *Admiral Hipper*, der im Augenblick selbst, beladen mit Flüchtlingen, nach Westen lief, und dann waren da die Schiffe des Pillau-Geleits. Alle konnten die sinkende *Gustloff* erreichen, mehr oder weniger schnell. Aber dort lauerte immer noch ein russisches U-Boot, dessen Kommandant bereits einmal bewiesen hatte, daß er vor nichts zurückschreckte. Würde er sich nun absetzen und seinen Erfolg feiern oder im Schnellverfahren die verschossenen Rohre nachladen und auf eine weitere Chance warten? Es wäre ein Kriegsverbrechen, Rettungsschiffe unter Beschuß zu nehmen, obwohl das für den Truppentransporter in dieser Form nicht galt. Und es würde hinterher für die russische Seite ein leichtes sein, zu behaupten, man hätte auch die Rettungsschiffe für Truppentransporter gehalten. Die Gedanken rasten mir durch den Kopf, aber immer wieder blieb ich an zwei Fixpunkten hängen. Höchstwahrscheinlich würden in Bälde bereits Tausende von Menschen in der eiskalten Ostsee schwimmen – und unter ihnen würde ein U-Boot lauern, um erneut zum Schuß auf deutsche Schiffe zu kommen.

Langsam wandte ich mich zum I WO um, noch während sich ein undeutlicher Plan in meinem Gehirn formte. »Runter mit Ihnen, Herr Wengert! Ich will die Rohre nachgeladen haben, so schnell es geht. Ich übernehme die Wache!«

Er starrte mich verständnislos an. Genau wie alle hier oben stand er unter Schock, denn alles war so entsetzlich schnell gegangen. Ich zwang mich zu einem Schulterzucken. »An die Arbeit! Die Nacht ist noch nicht vorbei!« Ich beugte mich über das Sprachrohr. »Zentrale? Kommandant fährt weiter. Steuerbord zehn, beide AK! Steuermann, ich brauche einen Kurs zur *Gustloff*!«

* * *

»Neuer Kurs wird drei-vier-zwo, Herr Kapitän!«

Ich beugte mich über das Sprachrohr. »Sehr gut, Steuermann. Bringen Sie uns auf Kurs!« Ich richtete mich wieder auf. »Auf Sehrohre achten, Leute, und nicht von der *Gustloff* ablenken lassen!«

Die Männer konzentrierten sich wieder auf ihre Sektoren, nur ich hatte einen Augenblick Muße, nach dem getroffenen Dampfer Ausschau zu halten Von dessen Lichtern war nichts mehr zu sehen, aber vielleicht lag das auch am wieder zunehmenden Schneefall. Vierzehn Seemeilen galt es zurückzulegen, normalerweise ein Klacks, aber nicht, wenn wie in dieser Nacht jede Minute zählte.

Das klagende Heulen eines Horns hallte durch die Dunkelheit. Obwohl ich das Schiff nicht sehen konnte, wußte ich, was das zu besagen hatte. Der überschüssige Dampf wurde abgelassen, die *Gustloff* stoppte. Das konnte nach Lage der Dinge nur bedeuten, sie war tödlich getroffen, was ich nach den drei erfolgten Treffern aber ohnehin schon vermutet hatte.

Knapp vierzehn Meilen bei etwas über dreizehn Knoten AK – man brauchte nicht gerade ein Rechenkünstler zu sein, um sich auszurechnen, daß wir über eine Stunde brauchen würden, sogar etwas länger, denn ich hatte nicht die Absicht, dem lauernden Russen mit voller Fahrt und leeren Rohren ins Fadenkreuz zu laufen.

Der Steuermann, der im Augenblick auch die Zentrale kommandierte, meldete sich über das Sprachrohr. »Brücke?«

»Zentrale? Was gibt es?«

Seine Stimme klang belegt. »GHG meldet Kontakt achteraus, Turbinenantrieb, aber er ist sich nicht sicher, ob zwei oder drei Schrauben. Er veranschlagt den Abstand auf weit über dreißig Meilen.«

Wenn Olm den Neuankömmling auf diese Entfernung hören konnte, mußte es sich um eine sehr starke Maschinenanlage handeln. Zwei oder drei Schrauben? Ich war bereit, auf drei zu wetten. »Westkurs mit etwa fünfundzwanzig Knoten?«

Ich hörte ein paar Sprachfetzen aus dem Rohr, dann meldete sich der Steuermann wieder. »Knapp, eher vierundzwanzig. Sie glauben, es ist die *Hipper*?«

»Da die *Hipper* das einzige Dickschiff in diesen Gewässern ist, ja! Wären russische Kreuzer von Finnland durchgebrochen oder gar die Tommies durch das Kattegat, dann wüßten wir es bereits. Hoffe ich jedenfalls.«

Noch während das sagte, spürte ich eine leise Unsicherheit. Alles sprach dafür, daß es der schwere Kreuzer *Admiral Hipper* war, der mit hoher Fahrt von achtern auflief. Seit er im Geleitzug JW-51B beim Unternehmen »Regenbogen« im Nordmeer beschädigt worden war, funktionierte einer seiner drei Kesselräume nicht mehr. Das reduzierte seine Geschwindigkeit auf etwa siebenundzwanzig Knoten, aber selbst die konnte er unter diesen Bedingungen kaum laufen, zumal er Rücksicht auf seinen eigenen Geleitschutz nehmen mußte, der es bei diesem Wetter noch schwerer hatte. Aber vierundzwanzig und Zickzackkurs würden reichen, um jedem U-Boot die Chancen zu vermiesen.

Der Steuermann räusperte sich. »Gerade kommt ein SOS rein. Offen gefunkt von der *Gustloff*, weitergegeben vom T-Boot *Löwe*. SOS Dampfer *Wilhelm Gustloff*, drei Torpedotreffer auf 55° 7′ Nord, 17° 41′ Ost, Schiff hat Schlagseite und sinkt schnell, mehr als sechstausend Menschen an Bord, zu Hilfe!« Der Mann unten in der Zentrale verstummte. Was gab es da zu sagen?

»Verstanden, Steuermann!« Ich starrte nach vorne in die Winternacht. Die Funkkette über das Torpedoboot als Relaisstation konnte nur bedeuten, daß die *Gustloff* nur noch per Notfunkgerät zu senden in der Lage war, was wiederum hieß, der Strom war komplett ausgefallen. Einer der Treffer mußte den Maschinenraum erwischt haben. Der Stromausfall war das eine, aber ich dachte mit Schaudern an die großen, über mehrere Decks reichenden Maschinenräume eines solchen Schiffes, an chromblitzende Armaturen, an heiße Dampfrohre und an das eiskalte Wasser der Ostsee, das nach einem Treffer wie eine Flut eindrang, sich an heißen Maschinenteilen zischend in Dampf verwandelte und Männer kochte wie Hummer, bevor die Wassermassen sie ersäufen konnten. Ich selbst hatte als U-Boot-Kommandant im Laufe der letzten fünf Jahre zahlreichen Schiffen dieses Schicksal bereitet. Nur waren es jetzt unsere Leute, die da starben. Wütend hämmerte ich mit der Faust auf das Schanzkleid. Schneller, schneller!

Jede Minute schien eine Ewigkeit zu dauern. Selbst

in jenen kurzen Momenten, in denen der Schneeschleier hier oder dort aufriß, konnten wir nichts erkennen. Die Männer der Wache starrten genau wie ich durch die Gläser, die immer schwerer zu werden schienen. Kälte und Nässe durchdrangen das Lederzeug, und wir froren immer erbärmlicher. Aber das war alles belanglos. Nichts anderes als der sterbende Dampfer dort draußen zählte. Die in dem Funkspruch angegebene Position lag zwölf Meilen von Stolpe entfernt. Schwimmend dorthin zu gelangen war ein Ding der Unmöglichkeit, denn bei der herrschenden Wassertemperatur betrug die Überlebenszeit günstigstenfalls eine Viertelstunde.

Mehrfach wiederholte die *Löwe* den SOS-Ruf der *Gustloff*. Mit hoher Wahrscheinlichkeit fischte das T-Boot bereits Überlebende auf und konnte daher nur ganz langsame Fahrt laufen oder lag vielleicht sogar gestoppt. Ein weiteres wehrloses Opfer.

Aber schließlich entschieden sich die Zeiger meiner Uhr doch, etwas weiterzurücken. Wie eine Erlösung kam die Meldung von unten. »Brücke? Von GHG: Er hört jetzt das Torpedoboot. Definitiv, schließlich haben wir oft genug mit denen bei der ULD geübt!«

»Hört er etwas von der *Gustloff*?«

Der Steuermann seufzte. »Sie schwimmt offenbar noch. Er hört Winschen, brechende Schotten, und es müssen noch immer viele Menschen an Bord sein. Es scheint eine ziemliche Panik zu herrschen, wenn unser Horcher auch nur die Hälfte der Geräusche richtig interpretiert. Er vermeint sogar Schüsse gehört zu haben.«

Was außer Panik sollte denn sonst an Bord des

Dampfers in solch einer Lage herrschen? Wütend starrte ich das Sprachrohr an, aber ich wußte, daß mein Zorn unberechtigt war. Meine Männer waren auf eine Situation wie diese einfach nicht vorbereitet und konnten es eigentlich auch nicht sein. Ich wünschte mir nur, ich würde die Besatzung besser kennen, aber dafür war meine Kommandoübernahme zu rasch und improvisiert erfolgt. Ich mochte besser sein als kein Kommandant, aber was hier ablief, war ein anderer Krieg als der Kampf im Atlantik. Ich schluckte meine Wut hinunter, mit Mühe, aber immerhin. Äußerlich ruhig sagte ich ins Sprachrohr: »Der Horcher soll melden, wie weit wir noch weg sind. Wir können hier oben bei dem Schneefall so gut wie nichts erkennen.«

»Jawoll, Herr Kapitän!«

Der Steuermann mußte mich für einen eiskalten Mistkerl halten. Wahrscheinlich erwartete er, daß wir uns jetzt umgehend an der Rettung der Schiffbrüchigen beteiligen würden. In dieser Hinsicht mußte ich ihn aber leider enttäuschen. »Klar zum Tauchen in fünf Minuten. Was macht das Nachladen unserer beiden noch vorhandenen Torpedos?«

»Ich stelle das sofort fest, Herr Kapitän!«

Na hoffentlich! »Tun Sie das, Herr Steuermann. Und danach Alarm, alle Mann wieder auf Station!«

In meinem Kopf lief eine Art Schachspiel ab, wie immer bei taktischen Überlegungen. Ein Torpedoboot, das Überlebende fischte. Ein russisches U-Boot, das Zeit brauchte, seine Rohre nachzuladen, oder, falls der Kommandant sich zunächst dagegen entschied, wahrscheinlich noch zwei Aale in den Heckrohren klar hatte. Auch wenn in dem Funkspruch von drei Torpedotreffern die Rede gewesen war, so war ich mir dennoch ziemlich sicher, daß der russische Kommandant einen Fächer aus allen vier Bugrohren gefeuert hatte. Eine Fahrkarte konnte in solch einer Nacht vorkommen, und ein Versager war grundsätzlich immer möglich.

»Brücke? Vom I WO, Rohr eins und zwei sind klar!«

Ich beugte mich über das Sprachrohr. »Danke!«

Als ich mich wieder aufrichtete, riß für einen kurzen Moment wieder einmal die Schneewand auf, und vor uns schälte sich ein Schatten aus der Finsternis, noch dunkler als die Nacht selbst. Ein riesiger Rumpf, der gar nicht zur Gänze aus meinem Blickwinkel zu erfassen war. Alles was ich in jenen kurzen Augenblicken registrierte, waren ein Heck und die schwere Schlagseite nach Backbord. Und ich sah unvorstellbar viele Menschen. Menschen, die sich an Deck drängten, Menschen, die im Wasser um sich schlugen. Und dazu jede Menge kleine Buckel, die auf den Wellen auf und ab hüpften. Hunderte und Aberhunderte. Ein gespenstischer Anblick, denn die Menschen, die da in ihren Schwimmwesten hingen, waren bereits tot, gestorben an Unterkühlung. Nur der Auftrieb der Schwimmwesten hielt sie immer noch an der Oberfläche, und so trieben sie langsam ab ins Vergessen.

»Herr Kapitän …« Der Ausguck Backbord voraus stammelte nur noch. Ich legte ihm die Hand auf die Schulter. »Ich weiß!« Auch meine Stimme klang heiser. »Sieht jemand das T-Boot?«

Die Männer hoben wieder die Gläser, aber die Blicke irrten immer wieder ab zu dem menschlichen

Treibgut. Ich selbst konnte *Löwe* auch nicht entdekken, da das Boot sich offenbar hinter dem sinkenden Schiff befand. Sechzig Minuten waren seit dem ersten Torpedotreffer vergangen, und es grenzte fast schon an ein Wunder, daß die *Gustloff* überhaupt noch schwamm. Aber lange würde dies nicht mehr dauern. Im Rumpf polterte es, als schwere Maschinen aus ihren Bettungen gerissen wurden. Die Agonie der ohnmächtig Eingeschlossenen mußte entsetzlich sein.

Die Menschenmasse an Deck schrie gellend auf, ein kollektiver Ruf der Verzweiflung. Mir brach es fast das Herz, aber was konnte, was mußte ich tun? Sollten wir doch an den Rettungsmaßnahmen teilnehmen, ein paar mehr aus dem Wasser fischen, in dem Wissen, daß alles nur ein Tropfen auf den heißen Stein war? Oder sollten wir nach dem Russen suchen? Er würde noch hier herumhängen, das spürte ich. Das Torpedoboot hatte zweihundertfünfzig Mann Besatzung, die gleiche Anzahl Flüchtlinge und auch noch Gott weiß wie viele Schiffbrüchige an Bord. Es war das logische nächste Opfer!

Was würde ich als russischer Kommandant machen? Aus dieser Frage ergab sich die Antwort von selber. Ich wandte mich an die Männer der Wache. »Klar zum Tauchen! Einsteigen, Männer!«

»Aber …«

Ich sah den Seemann kurz scharf an. »Ich sagte, einsteigen, Seemann!«

»Jawoll!« Widerwillig verschwand er im Luk. Ich nahm einen letzten Rundblick, dann schwang ich mich ebenfalls durch die Öffnung. Während ich das Handrad drehte, schoß Wasser in die Zellen, und der

Bug neigte sich nach unten. Dreißig bis vierzig Meter Wassertiefe. Das half, besser zu hören, aber ansonsten war es nicht viel.

* * *

»Wo steckt er?«

Der Funker drehte das Handrad des GHG etwas weiter herum. »Ich kriege ihn nicht. Es herrscht zuviel Lärm!«

Frustriert starrte ich das Horchgerät an. Tausende von Schiffbrüchigen schrien, an Bord der *Gustloff* brachen die Schotten und mit donnerndem Gurgeln strömte die eisige See weiter in den angeschlagenen Rumpf. Es war allein schon eine phänomenale Leistung, daß Olm bei dem Geräuschpegel das Torpedoboot hatte ausmachen können. Ich konnte ihm kaum die Schuld dafür geben, daß der Russe einfach leiser war. Verdammt, wir hatten den Iwans die Dinger immerhin selbst gebaut, vor dem Krieg, versteht sich.

Ich verdrängte all das aus meinen Gedanken. Das Schicksal der *Gustloff* und der Menschen auf ihr war besiegelt. Blieb das Torpedoboot mit geschätzten tausend weiteren Seelen an Bord. Über sechzig verdammt lange Minuten hatten wir bis hierher gebraucht. Eine geschlagene Stunde, die dem russischen Kommandanten zur Verfügung gestanden hatte, um entweder seine Rohre neu zu laden oder sich in eine geeignete Angriffsposition zum Abfeuern seiner beiden Heck-Aale zu bringen.

»Irgendwo in der Gegend muß der Kerl doch stekken. Suchen Sie weiter.«

»Jawoll, Herr Kapitän!«

Ich begab mich hinaus in die Zentrale, wo mir nur schreckensbleiche Gesichter und verunsicherte Mienen begegneten. Im Vorbeigehen blickte ich kurz auf den Kompaß. Zwo-acht-null bei angeordneter Schleichfahrt. Wir waren dicht über dem Grund, auf fünfunddreißig Meter Tiefe, und hatten eigentlich keine so schlechten Chancen, den Burschen doch noch zu erlauschen. Wir waren beinahe auf der günstigsten Angriffsposition, die sich ein U-Boot-Kommandant nur wünschen konnte. Wäre ich an des Gegners Stelle gewesen, hätte ich nur auf Sehrohrtiefe gehen, das Boot nach Norden drehen und zu feuern brauchen. Aber der Russe war nicht da! Einfach abgehauen war er nicht, soviel stand jedenfalls für mich fest. Kein Kommandant würde sich die Gelegenheit zu einem zweiten Schuß entgehen lassen, und die Erfolgsaussichten waren hier relativ groß. Er mußte irgendwo in unmittelbarer Nähe sein – es sei denn … Siedend heiß fiel es mir wie Schuppen von den Augen.

»Steuermann, was war die letzte Position der *Hipper*?«

Für einen Augenblick herrschte in der Zentrale verdutztes Schweigen, dann kam zögernd eine Antwort. »Sie lief vor etwa dreißig Minuten mit vierundzwanzig Knoten auf die *Gustloff* zu.«

Damit hätte die *Hipper* schon längst da sein müssen! Ich eilte zum Schott. »Haben Sie den Kreuzer bisher schon ausmachen können?«

Olm sah mich etwas verwundert an. »Nein, aber ich horche noch mal rum.«

Mit einer schnellen Bewegung stülpte ich mir das

zweite Paar Kopfhörer über und ließ die unheimliche Geräuschkulisse der Unterwasserwelt auf mich einwirken. Aber anders als sonst war sie von den Schreien Tausender Menschen erfüllt, dem Rauschen eindringenden Wassers. Waren das Schüsse? Der Funker bewegte das Handrad in kleinen Schritten weiter. Langsam drehende Schrauben waren zu vernehmen – das Torpedoboot wechselte seine Position, um noch mehr Überlebende aufzufischen.

»Drehen Sie doch bitte mal ein paar Grad zurück!«

Prompt kam der Funker der Aufforderung nach. Ich lauschte in die Kopfhörer, und je länger ich das tat, desto mehr Details vermochte ich zu erkennen: schwere Hammerschläge, als ob jemand in dem sinkenden Rumpf arbeiten würde, das Kreischen einer Winsch unter Last.

»Was haben wir denn da?« Olm schien mit halb geschlossenen Augen in seine Kopfhörer hineinkriechen zu wollen. »Hört sich wie irgendein Hilfsaggregat an, ein Generator eventuell.«

»Auf der *Gustloff* läuft so ein Teil nicht mehr!«

Er riß die Augen auf. »Dann handelt es sich um ein anderes Schiff hinter der *Gustloff*.« Er runzelte die Stirn. »Möglicherweise läuft es nur kleine Fahrt, und wir hören dessen Maschinen und Schrauben nicht wegen des allgemeinen Lärmpegels. Doch so ein Generator produziert ein deutlich höheres, ganz eigenes Geräusch, Herr Kapitän!«

Ich nickte langsam, war aber im Grunde mit meinen Gedanken schon wieder ganz woanders. Der Generator lief jedenfalls nicht auf T-36 *Löwe*, und er konnte auch nicht zu einem der Minensucher gehören, die von Kiel aus entgegenkamen, denn die waren noch zu weit weg. In Frage kamen daher nur der Kreuzer oder dessen Sicherung, ein ebenfalls schon reichlich betagtes T-Boot. An sich aber war das große Kriegsschiff selbst mit eingeschränkter Maschinenleistung zu schnell für ein U-Boot, so es ihm denn nicht gerade haargenau vor die Rohre lief! Wieder einmal galt es, eine persönliche Kommandantenfrage zu beantworten: Würde ich in so einem Fall die *Hipper* angreifen, wenn ich lediglich noch zwei Torpedos in den Heckrohren zur Verfügung hatte? Die Antwort machte mir nicht viel Freude. Ja, ich würde es tun, nämlich dann, wenn die Sicherung schwach war, da der Kreuzer selbst ohnehin nicht aktiv gegen ein getauchtes Boot vorgehen konnte. Er hatte ja nicht einmal Wasserbombenwerfer. Und die Sicherung des Geleiters würde abgelenkt sein durch die *Gustloff*. So betrachtet war das Risiko für den Russen also erstaunlich gering. Im ersten Anlauf bestand für ihn die Chance, den Kreuzer so zu verwunden, daß ihm danach genug Zeit blieb, die Bugrohre nachzuladen und das begonnene Zerstörungswerk zu vollenden. Erst einen Riesendampfer auf den Meeresgrund geschickt zu haben und danach noch eine weitere unserer letzten noch schwimmenden großen Einheiten, das würde dem russischen Kommandanten als Ruhmestat, belohnt mit einer Beförderung, hoch angerechnet werden. Eine Versuchung, der er natürlich nicht widerstehen konnte. Und genau deshalb befand er sich nicht hier, sondern hatte sich auf die andere Seite in der Hoffnung geschlichen, auf den Kreuzer zum Schuß zu kommen. Ein Schauder lief mir über den Rücken. Das konnte für uns bös ins Auge gehen!

Ich fuhr herum und brüllte Wengert an. »Hoch mit uns, I WO! Wache fertig machen, und nehmen Sie gleich die Varta-Lampe mit!« Mit Riesenschritten eilte ich an den Kartentisch. »Neuer Kurs wird zwo-null-null, beide AK!«

Hinter mir ratterten schon wieder die Befehle, und Preßluft drückte das Wasser aus den Tanks. Unter dem steigenden Druck der Schrauben und dem Auftrieb der Zellen glitt das Boot an die Oberfläche.

»Turmluk kommt frei, Herr Kapitän!«

Ich raste die Leiter hoch, und das Turmluk schlug beinahe durch den Überdruck vom Auftauchen von selber auf. Für einen kurzen Moment zerrte der Luftzug an meinen Klamotten, dann empfing mich ein Schwall eisigen Wassers. Als ich auf den Turm sprang, mußte ich höllisch aufpassen, nicht auszugleiten, weil das Spritzwasser dort sofort gefror. Anscheinend waren die Temperaturen noch weiter im Sinken begriffen!

Fluchend nahmen die Männer ihre Positionen ein, während der Netzabweiser immer weiter in den Wind drehte. Die Schneeflocken schienen beinahe waagerecht aus der Dunkelheit zu kommen. Mit einem Schütteln sprangen die Diesel an, und *U 6* nahm höhere Fahrt auf, während der stumpfe Bug sich immer wieder in die Wellen bohrte. Der Seegang war nicht sonderlich hoch, aber Nässe und Kälte machten die Sache ungemütlich.

»Augen auf! Konzentriert euch auf eure Sektoren, Männer!« Wengert mußte brüllen, um sich verständlich zu machen. Aber die Warnung war notwendig, denn alle starrten nur dorthin, wo sie die sinkende *Gustloff* wußten. Stimmfetzen wurden mit dem Wind zu uns getragen, Hilferufe, verzweifelte Aufschreie. Für einen kurzen Augenblick leuchtete es an Backbord hinter dem Vorhang aus Schnee hell auf wie in Friedenszeiten. Ich erinnerte mich an die Hammerschläge. Vielleicht hatte doch noch jemand im Maschinenraum gearbeitet und versucht, Strom für Winschen und Beleuchtung zu bekommen, irgendein Aggregat in Gang zu bringen, das wenigstens für eine kurze Zeit noch hilfreich sein konnte.

Aber wer auch immer diese uneigennützigen Schiffstechniker, tief unten eingeschlossen im sinkenden Rumpf des Riesen, gewesen sein mochten, ihr Wirken hatte an dem weiteren Verlauf der Katastrophe nichts zu ändern vermocht. Brüllend brach das Wasser in die letzten Decks, die Schreie steigerten sich zu einem Crescendo. Auch wenn ich, wie wir alle, nichts davon sehen konnte, so sagten mir die Geräusche dennoch alles. Als U-Boot-Kommandant hatte ich genügend Schiffe versenkt, und die Laute verrieten mir mit quälender Gewißheit viel mehr, als ich wissen wollte. Dann, abrupt, als hätte jemand einen Schalter umgelegt, verschwand hinter dem Schneefall das Licht, das unheimliche Blubbern und Rauschen währte noch ein paar Augenblicke, während die *Gustloff* auf den Grund sank. Hunderte, wenn nicht gar Tausende mußte sie mit in ihr nasses Grab gerissen haben.

Ich beugte mich über das Sprachrohr. »Kommandant, für das KTB: *Wilhelm Gustloff* sinkt um … setzen Sie die Uhrzeit ein!« Langsam richtete ich mich auf. Das Unfaßbare war geschehen.

Aus dem Sprachrohr drang ein Pfiff, dann die Stimme des Steuermannes. »Von GHG: Minensucher kommen von Westen mit hoher Fahrt auf!« In meinen Ohren klang die Meldung, als sei an Land ein Beerdigungsunternehmen mit seinen Leichenwagen unterwegs. Doch vielleicht bestanden ja tatsächlich noch Rettungschancen für den einen oder anderen Schiffbrüchigen.

* * *

Wengert, der noch immer unverwandt in Richtung der Untergangsstelle starrte, als könne er etwas erkennen, quittierte die Nachricht des Steuermannes abfällig mit den Worten: »Wurde ja allmählich auch Zeit!«

Ich fuhr ihn an. »Reißen Sie sich zusammen, Mann. Die Kameraden geben im Bereich des Menschenmöglichen garantiert ihr Bestes.« Ich wandte mich an die Ausgucks. »Aufgepaßt und Augen auf, Männer, die *Hipper* muß hier irgendwo rumschwirren. Sofort melden, wenn was ist!« Dann beugte ich mich über das Sprachrohr. »Brücke für GHG: Der Funker soll alles daransetzen, den Kreuzer zu finden, und zwar möglichst schnell!«

Die zahllosen im Wasser treibenden Menschen, ob tot oder eventuell noch am Leben, bildeten für die Geleiter genauso wie für den Kreuzer ein Hindernis, wohingegen das russische U-Boot unter der Wasseroberfläche navigieren konnte, wie es ihm beliebte. Wo auch immer es bisher gesteckt haben mochte, jetzt hatte es auf alle Fälle freie Bahn. Und die *Hipper* mit ihrer Flüchtlingsladung konnte das nächste Katastrophenschiff sein, sollte es dem Russen gelingen, noch einmal zuzuschlagen.

Den Gedanken, noch einmal zu tauchen, um rundzuhorchen, gab ich auf. Noch immer trieben Schiffbrüchige im Wasser und schrien um Hilfe. Das GHG würde daher keine klaren Peilungen liefern, die ausreichten, um ein russisches U-Boot zu finden. Es würde noch ewig lange Minuten dauern, bis die eisige See die verzweifelten Stimmen zum Verstummen gebracht haben würde. Während ich über dieses entsetzliche Drama nachdachte, das sich hier vor der pommerschen Küste abspielte, fühlte ich mich selbst kalt und leblos.

Mit kleiner Fahrt hielten wir in die Dunkelheit. Im Bogen um die Untergangsstelle, das erschien im Augenblick das vielversprechendste. Doch von der Katastrophe der *Wilhelm Gustloff* kam ich nicht los. Fräulein Helfert, Wolf und Hubesch, Hartmut von Rieden und die Männer der Kompanie 36, sie alle waren, soweit ich wußte, an Bord gewesen. Menschen, die ich kannte, mit denen ich lange und intensiv zusammengearbeitet hatte und die sich dadurch im Geiste wie helle Punkte vor der gesichtslosen Masse der Tausende abhoben, die heute ihr Leben verloren hatten.

Aus dem Sprachrohr pfiff es, und ich beugte mich hinunter. »Kommandant.«

»Von GHG: Kreuzer und ein Schnellboot nähern sich mit etwa zwölf Knoten von Osten. Der Funker schätzt, sie sind noch drei oder vier Meilen weg.«

»Irgendwas von den Minensuchern?«

Es dauerte einen Augenblick, bis eine Antwort kam. »Nein, bisher noch nichts, Herr Kapitän!«

»Danke! Olm soll sofort melden, wenn er sie hat. Gehen Sie auf null-neun-null, beide AK!« Ich richtete mich auf und sah Wengert an. »Aus naheliegenden Gründen möchte ich nicht funken, doch der Kreuzer kommt genau von Osten.«

Der I WO nickte. »Aber mit AK nach Osten macht uns sowieso taub gegen alles, was aus Westen kommt, Herr Kapitän!«

»Wir laufen nur noch kurz AK, gerade so lange, bis wir den Kreuzer sehen können. Ist die Klappbuchs schon oben?«

»Hier, Herr Kapitän!« Einer der Wachposten hob die Lampe auf, die zu seinen Füßen gelegen hatte.

»Sehr gut, die werden wir nämlich brauchen.« Ich versuchte, meiner Stimme einen forschen Klang zu geben. Die Männer waren immer noch zutiefst geschockt, sie reagierten zwar noch auf Befehle, aber mit den Gedanken waren sie ganz woanders. Etliche oder sogar die meisten verfluchten wahrscheinlich ihren eiskalten Ersatzkommandanten, der hier den Iwan jagte, statt Menschen zu retten. Sollten sie! Solange wir den Iwan daran hindern konnten, seine Torpedos abzufeuern und für ein weiteres gigantisches Massensterben auf See zu sorgen, war es das wert.

Drei Meilen! Vor uns drang ein schwacher Lichtschein durch das Schneegestöber. »Das muß die *Hipper* sein. Sie benutzen einen Scheinwerfer!«

»Vermutlich suchen sie nach Schiffbrüchigen«, meinte Wengert.

Ohne eine Antwort zu geben, griff ich nach der Varta-Lampe und richtete sie auf das so fern erscheinende Licht. Jede Minute brachte uns etwa vierhundert Meter näher. Irgend jemand auf der hohen Brücke des Kreuzers würde den Anruf schon sehen. Ich hatte lange nicht mehr gemorst und war etwas aus der Übung. »*U 6* an HP*: K an K** ... russisches U-Boot nahe Ihrer Position!«

Ich mußte den Anruf mehrfach wiederholen, bis aus der Nacht eine Antwort kam. »HP: K an K ... Drehen ab! Sicherung verbleibt für Rettungsmaßnahmen.« ... »HP: Danke für die Warnung!«

Aus dem Sprachrohr pfiff es, und der I WO nahm die Meldung entgegen. »Von GHG: Er geht mit der Fahrt hoch!«

Tatsächlich begannen Maschinen vor uns zu dröhnen. Ich riß die Augen auf. »Hart Steuerbord!«

Das Boot legte sich auf die Seite, als es mit AK nach rechts drehte. Da erschien wie ein Geisterschiff auch schon der hohe, scharf geschwungene Bug des Kreuzers. Fasziniert sah ich zu, wie die Bugwelle anwuchs, als Tausende von Pferdestärken den 200-Meter-Rumpf in Fahrt brachten. Hoch über unseren Köpfen hing der Backbordanker. *U 6* kam ins Schlingern. »Stützruder!« Ich mußte den Befehl brüllen, um Aufmerksamkeit zu erlangen. Die harte Drehung wurde langsamer. Das hätte mir gerade noch gefehlt, daß uns der eigene Kamerad unterpflügte.

---

* HP: Rufzeichen des schweren Kreuzers *Admiral Hipper* im Morseverkehr.

** K an K: Kommandant an Kommandant.

Der Bug zog vorbei, und dahinter folgte scheinbar endlos eine lange stählerne Wand. Ich blickte nach oben. Die schwere Artillerie war mittschiffs geschwenkt, dahinter türmte sich Brücke über Brücke.

Von der gepanzerten Gefechtsbrücke blitzte es wieder auf. »HP an T-… Rettung …« Ich konnte den Spruch nicht genau mitlesen, weil die Flocken wieder dichter fielen, aber er schien eine Bestätigung zu beinhalten.

Ich wandte mich zu Wengert um. »Die *Hipper* macht sich aus dem Staub.« Wir sahen der gewaltigen Stahlmasse hinterher, die wie ein Geisterschiff im Schneefall verschwand. Der schwere Kreuzer mußte bereits mehr als sechzehn Knoten laufen, und ein breiter Schwall Schraubenwasser verriet, daß er weiter Fahrt aufnahm. Damit war er für den Iwan »weg vom Fenster«. Erleichtert wandte ich mich ab. Der war in Sicherheit und die Flüchtlinge an Bord mit ihm. Blieben zwei Torpedoboote.

Erneut drang die Stimme des Steuermanns aus dem Sprachrohr. »Von GHG: Schrauben in eins-null-sieben! Kleine Schiffe mit hoher Fahrt. Der Funker schätzt, über zehn Meilen.«

Ich blickte kurz auf den Kompaß. Da sie genau aus Westen kamen, mußte es sich um die angekündigten Minensucher aus Kiel handeln. Sie würden beinahe noch eine Stunde brauchen, bis sie hier sein konnten. Sollte Petersen auf der *Gustloff* die verhängnisvollen Positionslichter gesetzt haben, um einer Kollision mit denen vorzubeugen, dann war er damit wohl entschieden zu früh dran gewesen.

»Von GHG: Ein Frachter des Pillau-Geleits hat auf

uns zugedreht. Er will offenbar zur gesunkenen *Gustloff*!«

Nun schaute ich wirklich verdutzt aus der Wäsche. Was sollte das? Der Frachter mußte doch ohnehin schon mit Flüchtlingen überfüllt sein bis zum Gehtnichtmehr. Aber die Litanei der Meldungen ging noch weiter.

»Von GHG: Der Funker hat außerdem zwei Fischdampfer entdeckt, die ebenfalls zur Untergangsstelle laufen. Vier oder fünf Meilen, sie sind bisher in dem allgemeinen Durcheinander einfach übertönt worden.«

Es war, als wolle ein Fischschwarm einem gefräßigen Hai direkt ins Maul schwimmen, mit dem Unterschied, daß es sich bei dem Hai um ein russisches U-Boot handelte, das sich immer noch hier herumtrieb. Wütend schlug ich mit der Faust auf die Turmbrüstung. Ich mußte den Iwan finden, versenken oder wenigstens vertreiben!

»Einsteigen! Wir tauchen, vielleicht können uns die Fische jetzt erzählen, wo der Bursche hockt!«

Wieder einmal rutschten die Männer die Leiter nach unten in die Zentrale. Ich schlug das Luk zu. »Turmluk dicht!«

Unten begann der LI mit dem Tauchmanöver. »Vorne oben zehn, hinten oben fünf! Umkuppeln auf E-Maschinen, beide halbe Fahrt!«

Das Stampfen der Diesel verstummte, und mit leisem Summen übernahmen die E-Maschinen. Ich trat zum LI. »Wie sieht es mit den Batterien aus?«

Er warf einen kurzen Blick auf eine der Anzeigen. »Noch halb voll!«

So ungefähr hatte ich mir das vorgestellt. Das ständige Tauchen und Wiederauftauchen forderte seinen Tribut, vor allem, weil wir niemals lange genug oben blieben, um die Batterien wieder aufzuladen.

»Schleichfahrt, Ruhe im Boot!« Ich sah zu Wegener, der neben dem Sehrohr stand. »Auf eins-acht-null gehen! Wir ziehen einen Kreis um die Untergangsstelle.«

»Jawoll, Herr Kapitän!« Dann wandte er sich zum Rudergänger. »Steuerbord zehn!«

Ich nickte kurz und verschwand ins Horchschapp.

Olm, der Funker, saß hinter der Wunderkiste und drehte am Handrad. »Der Kreuzer übertönt momentan alles.«

»Dann warten wir eben ab«, sagte ich und griff mir den zweiten Kopfhörer. Es war in der Tat so, daß alle anderen Geräusche vom Mahlen der mächtigen Schrauben und von dem Pfeifen des Turbinenantriebes überlagert wurden.

Es sollten fünfzehn Minuten vergehen, bis sich das gab. Erst als der Kreuzer über fünf Meilen entfernt war, vernahmen wir wieder andere Einzelheiten, die Torpedoboote, die vorsichtig kreisten und immer wieder abstoppten, die Minensucher, die immer näher kamen, den Frachter, die Fischerboote, kurz: das ganze maritime Orchester. Nur die »Stimme« des Russen fehlte.

Olm sah mich ruhig an. »Der Iwan muß auf Schleichfahrt laufen, denn wenn er mit Dieseln an der Oberfläche unterwegs wäre, würden wir ihn reinkriegen.«

Ich nickte zustimmend. »Wir drehen einen zweiten

Kreis, näher bei den Torpedobooten. Wenn wir ihn dann nicht finden ...« Ich ließ den Rest offen, streifte mir langsam den Kopfhörer ab und ging zurück in die Zentrale. Mehr als das, was ich gehört hatte, trieb mich innerlich um, was ich *nicht* gehört hatte. Die Schreie der Schiffbrüchigen waren verstummt. Vielleicht trieben noch einzelne in der See, aber für die meisten war der Todeskampf bereits vorüber. Und den Russen hatten wir immer noch nicht stellen können!

Ich fühlte mich müde und zerschlagen, was sicher auch zum Teil an dem Schock lag, den die wohl bisher größte Katastrophe der Seefahrtsgeschichte in uns allen ausgelöst hatte. Aber das war es nicht allein. Ich hätte mich vielleicht doch besser an den Rettungsmaßnahmen beteiligen sollen! Der Russe hatte sich anscheinend längst abgesetzt. Und was hatte ich getan?

Unschlüssig sah ich auf meine Hände. Ich hatte ein großes Schiff vor einem U-Boot gewarnt, das wahrscheinlich schon längst auf Heimatkurs war.

Also wieder ein paar Tote mehr auf meinem Sündenkonto dieses Krieges.

* * *

Die Zeit verstrich enervierend langsam. Noch immer liefen wir getaucht und lauschten. Die Blicke der Besatzung hingen an meinem Gesicht. Manche waren vorwurfsvoll, andere wiederum irritiert, die meisten der Männer waren mühevoll darauf bedacht, sich keinerlei Gefühlsregung anmerken zu lassen. Ich ließ mich im Schott nieder. Was sollte ich tun, schließlich hatte ich mit meinen bisherigen Annahmen offensichtlich falsch gelegen? Was aber nichts daran änderte, daß meine Instinkte mich seltsamerweise noch immer unverändert vor dem russischen U-Boot-Kommandanten warnten.

»Auftauchen!« befahl ich mit heiserer Stimme. »Wir suchen nach Überlebenden!«

Irgendwer im Hintergrund murmelte. »Endlich!«

Wütend blickte Wengert in die Runde, um den Betreffenden ausfindig zu machen, aber ich schüttelte abwehrend leicht den Kopf. Unter Umständen hatte der nicht identifizierte Kommentator ja recht und ich hätte das schon früher anordnen sollen.

»Vorne unten zehn, hinten unten fünf!« Der Bug begann sich nach oben zu richten. Unwillkürlich griff ich nach Halt.

»Herr Kapitän!«

Ich fuhr herum. Olm drehte am Handrad und veränderte die Einstellungen am Horchgerät. »T-36 geht mit der Fahrt hoch und dreht ab! Torpedos im Wasser!«

»Belege den letzten Befehl! Sehrohrtiefe!«

Das Manöver des Bootes ging in ein heftiges Beben über, als der LI den Auftauchvorgang abrupt abbrach und das Boot durch Tiefenrudermanöver auf Sehrohrtiefe zwang. Endlich spürte ich die vertraute Nickbewegung. Schon fuhr der Spargel aus dem Schacht.

Dunkelheit, Schneegestöber, aber dahinter ein dunklerer Schatten. Ich kontrollierte die Peilung. T-36, kein Zweifel. Das Boot hing weit nach Steuerbord, als es mit Hartruder wegdrehte. Am Heck stieg ein Wasserschwall in die Höhe und zeugte davon, daß die Maschinen voll voraus liefen, um den fahrtlosen Rumpf in Bewegung zu bringen.

Die Aale konnte ich nicht entdecken, aber wenigstens sah ich auch keine Wassersäule an der Bordwand des Torpedoboots emporspringen, dem es mit jeder Sekunde gelang, sich etwas weiter zwischen die Laufbahnen zu drängen, die schmale Bugseite zu präsentieren statt der verletzlichen Breitseite.

Alles war plötzlich so klar. Der Russe hatte, wie von mir intuitiv erahnt, ein weiteres Ziel gesucht, jedoch nicht den Kreuzer oder die Torpedoboote. Es gab nur ein einziges Objekt, das ihn brennend interessierte und das die ganze Zeit hin und her gejagt war, wie von der Tarantel gestochen. Das U-Boot, das seinen Kameraden erledigt hatte – uns. Und während wir glaubten, ihn zu jagen, lauerte er in Wahrheit auf uns, wahrscheinlich meistens unter Wasser und mit Schleichfahrt. Er mußte erkannt haben, daß die S-Geräte der Torpedoboote bei diesem Wetter so gut wie Schrott waren. *U 6* hingegen war ein anderes Kaliber.

»Wir bleiben getaucht! GHG, auf Geräusche achten. Seine Rohre sind jetzt leer!«

Hinter mir kam Stimmengemurmel auf. Wütend zischte ich. »Ruhe im Boot! Auf eins-sechs-null gehen, Schleichfahrt!«

Die frustrierende Erkenntnis war, daß wir den Burschen nicht zu fassen kriegen würden. Er kroch dicht über den Grund und stand damit zu tief für einen Torpedo, selbst wenn wir ihn fanden. Beruhigend aber war es, zu wissen, daß seine Rohre leer waren, und leise nachladen, ohne daß wir ihn hörten, war nicht möglich. Zudem war er seit mehreren Stunden getaucht, und während des Angriffs, aber wahrscheinlich auch später, war er unter Wasser AK gelaufen und hatte damit die Kapazität seiner Batterien erheblich heruntergefahren. Genau wie wir auch. Er würde daher eine sichere Position an der Oberfläche und Zeit, eher zwei denn eine Stunde, benötigen, um gleichzeitig die leeren Batterien über seine Diesel aufzuladen und die verschossenen Rohre neu zu armieren. Was er sicher nicht gebrauchen konnte, war in dieser Phase ein Alarmtauchmanöver, während die Aale am Heißgeschirr frei im Raum hingen.

»Er wird versuchen, sich abzusetzen, um nachzuladen, und wir müssen verhindern, daß er dazu Gelegenheit findet.«

»Und wie soll das geschehen?« fragte Wengert.

»Wir stöbern ihn auf und folgen ihm. Dann muß er unter Wasser bleiben und kann seine Batterien nicht aufladen.«

»Das dürfte aber kaum klappen, wenn er sich einfach auf Grund legt und zuerst einmal die Torpedos nachlädt.«

Ich schüttelte den Kopf und fuhr den Spargel wieder ein. »Das wird er keinesfalls tun, nicht, solange er noch in der Nähe der Untergangsstelle ist, weil er damit rechnen müßte, daß eines der T-Boote ihn ausmacht und ihm ein paar Koffer auf den Kopf schmeißt.« Freudlos griente ich meinen I WO an. »Er weiß, daß wir hier sind, vielleicht nicht genau wo, aber irgendwo in der Nähe. Ihm geht es wie uns.«

»Herr Kapitän!« Ein Mann am Schott deutete durch das Mannloch. Es bedurfte nur ein paar schneller Schritte, um meinen Kopf ins Funkschapp zu stecken.

»Ich hab ihn«, verkündete Olm und strahlte. »Zwo-null-null Grad, getaucht. Nach der Drehzahl zu schließen, läuft er halbe Kraft.«

»Entfernung?«

»Eine Meile, Herr Kapitän, eventuell ein bißchen mehr, aber nicht viel!«

Ich lächelte grimmig. Der Bursche versuchte sich nunmehr also abzusetzen. »Hart Backbord!« wies ich Wengert an. »Er läuft Nordostkurs. Hinterher, beide AK!«

Beinahe augenblicklich wurde das Summen im Heck lauter. Wir waren noch nicht ganz im Hecksektor des Russen, und durch die Drehung würden wir noch weiter rauskommen. Der Iwan mußte uns daher hören, und genau das wollte ich ja auch. Hinter uns blieb die Untergangsstelle mit den Rettungsschiffen zurück.

Die Jagd erstreckte sich über Stunden. Wie ich es mir schon gedacht hatte, bekamen wir nicht die Chance, noch einen Torpedo auf den Burschen loszumachen, er blieb getaucht und wir ebenfalls. Als das Wasser tiefer wurde, versuchte er es mit ein paar Haken, um uns loszuwerden, aber je weiter wir weg von den Geräuschen der Rettungsschiffe kamen, desto besser konnte Olm ihn im Ohr behalten. Der Abstand blieb immer konstant bei etwas über einer Meile.

»Sechs Uhr morgens, Herr Kapitän!« Wengert reichte mir eine Kaffeemuck. Das heiße und belebende Getränk war genau das, was ich jetzt brauchte. »Der LI ist besorgt wegen der Batterien.«

Ich rechnete kurz. Knapp acht Stunden waren vergangen, seit die *Gustloff* gesunken war, und die meiste Zeit über waren wir irgendwo zwischen halber und voller Fahrt unter Wasser gelaufen. Wir standen bereits über dreißig Meilen weg von der letzten Position des großen Dampfers. »Die Batterien haben länger gehalten, als wir annehmen konnten«, sagte ich und nahm einen weiteren Schluck Kaffee zu mir. Die Luft in dem kleinen Boot war verbraucht und abgestanden, denn die Lüfter hatten wir schon lange nicht mehr in Betrieb, um Strom zu sparen. *U 6* war völlig intakt, aber für den Augenblick war das Boot trotzdem am Ende, genau wie wir alle. Ruhig sah ich Wengert an. »Mehr als dreißig Meilen – er dürfte Stunden brauchen, um zurück zur *Gustloff* zu kommen. Aber gegen acht wird die Rettungsaktion sowieso spätestens abgebrochen, da mit dem ersten Aufreißen der Wolkendecke die Tommies wieder fliegen werden.«

»Also?« fragte Wengert.

»Auftauchen. Wir nehmen Kurs auf Kiel!«

Zögernd sah mich der I WO an. »Tut mir leid, Herr Kapitän, Sie hatten doch recht, wie ich jetzt weiß!«

»Schon gut, Herr Oberleutnant!« Ich seufzte. »Es gibt eben vieles, das manchmal nicht immer ganz einfach ist.«

Mit großer Fahrt drehten wir auf Kiel zu, Kurs West. Kurze Zeit später verloren wir den Russen aus dem Horchgerät. Wir hatten ihn zwar nicht versenken können, aber immerhin weit genug vertrieben. Er besaß nun keine Chance mehr, eines der zur Rettung herbeigeeilten Schiffe zu erwischen. Trotzdem war der neue Tag kein schöner Tag – doch wann gab es den schon in Zeiten wie diesen?

* * *

Wir erreichten Kiel am späten Nachmittag des folgenden Tages, nur wenige Stunden nach dem Kreuzer *Hipper*. Der Schneefall hatte aufgehört, vielleicht auch, weil wir ein ganzes Stück weiter im Westen standen. Schweigend grüßten wir Laboe, das fünfundachtzig Meter hohe Marineehrenmal für die Gefallenen der kaiserlichen Marine im Ersten Weltkrieg. Wie viele Tote, die auf See geblieben waren, seitdem dazu gekommen sein mochten, traute ich mich nicht einmal annäherungsweise zu schätzen. Die Menschen auf der *Gustloff* gehörten dazu, sie waren nicht die ersten und nicht die letzten, aber es waren so viele. Zivilisten, Frauen, Kinder. Es waren schwermütige Gedanken, die uns bewegten, seit wir die Funksprüche der Rettungsschiffe aufgefangen hatten, die die Untergangsstelle verließen, als die Briten ihren Flugbetrieb wieder aufnahmen. Die beiden Torpedoboote meldeten 472 beziehungsweise 564 Überlebende, ein Minensuchboot hatte weitere 37 Überlebende geborgen. Eine andere Gruppe, bestehend aus dem Frachter *Göttingen*, einem Minensuchboot und einem Tender meldete ungefähr hundertsiebzig. Zwei Schiffbrüchige wurden in den Morgenstunden vom Frachter *Gotenland* aufgefischt, ein Torpedofangschiff fand sogar noch sieben weitere, und das Vorpostenboot Vp 1703 barg ganz zuletzt, als die Sonne bereits am Himmel stand und die Tommies schon nachsehen kamen, noch ein einzelnes überlebendes Kind aus einem Rettungsboot, in dem alle anderen Insassen bereits erfroren waren. Das war der letzte Überlebende der *Wilhelm Gustloff*. Acht-, vielleicht neuntausend Menschen waren draußen geblieben.

Auf dem Turm wurde außer bei den notwendigen Befehlen nicht gesprochen. Wir waren steif vor Kälte, erschöpft, und in unseren Augen schimmerte ein fiebriger Glanz – als hätte die Katastrophe uns körperlich infiziert. Wie Automaten gingen wir unseren Tätigkeiten nach.

Den Schwenk in den Stützpunkt Wik nahmen wir beinahe, ohne darüber nachzudenken. Die U-Boot-Bunker tiefer in der Förde waren voll, also blieb uns nur ein Platz im Abseits. Kein klingendes Spiel, aber immerhin der Chef der 5. Flottille, einer Ausbildungseinheit, erwartete uns an der Pier.

Ich wartete, bis die Leinen fest waren, bevor ich vom Turm kletterte und den Flottillenchef grüßte. Wahrscheinlich nahm der Herr Korvettenkapitän nicht jeden Tag einen ranghöheren Offizier als Kommandant in Empfang.

Aber es blieb uns keine Zeit, über mögliche Absonderlichkeiten des Marinezeremoniells nachzudenken. Schon als ich die Hand an die Mütze legte, heulten auf einmal die Sirenen auf den Dächern los. Fliegeralarm. Ich fuhr herum. Das Boot lag ziemlich offen an der Pier.

Wengert oben auf dem Turm starrte mich mit offenem Mund an. Um mich bei dem Lärm überhaupt verständlich machen zu können, mußte ich, die Hände als Schalltrichter um den Mund gelegt, brüllen, so laut ich nur konnte. »Alle raus aus dem Boot, Dekkung!« Es war eine reine Augenblicksentscheidung. Instinkt, einmal mehr. Ich sah, wie der I WO sich hinunterbeugte und einen Befehl schrie. Als Vorteil erwies sich in dieser Situation, daß das Gros der Besatzung ja sowieso schon an Deck angetreten war. Die Männer hielten sich nicht lange mit der Stelling auf, da der Wasserstreifen zur sicheren Pier auch mit einem beherzten Sprung überwunden werden konnte.

Flakfeuer kündigte die Angreifer an. Ich warf nur einen kurzen Blick auf die schemenhaften Schatten der Jagdbomber! Wie die Hasen schlugen wir Haken, immer auf der Suche nach Deckung. Das Rattern der Maschinenkanonen zerriß die Luft, und die auf dem Beton aufschlagenden Geschosse zogen funkensprühend lange parallele Bahnen. Auch die ersten Bomben wurden abgeworfen. Ein Minensucher, der von einer anderen Pier aus Dauerfeuer gab, wurde gleich zweimal getroffen. Gefangen von dem Drama, stoppte ich kurz. Einen Moment lang sah es so aus, als sei dem Schiff nicht viel passiert, doch dann verstummte das Abwehrfeuer abrupt, und eine Flammensäule schleuderte das ganze Vordeck in die Luft. Augenblicke später hatte sich der Rumpf bereits gedreht und sank in einer sich ausbreitenden Öllache auf den Grund.

Vom Hafen her schoß schwere Flak. Der hohe Artillerieleitstand der *Hipper* ragte wie ein Turm über die umliegenden Gebäude, aber die Havilland-Mosquitos waren schon zu nahe.

Ein Seemann schlug mir im Vorbeirennen auf den Rücken, und ich machte, daß ich schleunigst weiterkam. Nur hatte ich keine Ahnung, wo sich der nächste Bunker befand. Der einzige Bunker, den ich in Kiel kannte, war der U-Boot-Bunker »Kilian«, und der lag nun wirklich ganz woanders, nämlich an der Schwentine-Mündung in die Förde.

Erneut setzte es Geschoßgarben aus den Maschinenkanonen der angreifenden Flieger. Ein heftiger Schlag traf mich von hinten, und ich stürzte mit dem Gesicht voran in den Dreck. Vor allem wütend darüber versuchte ich mich wieder aufzurappeln, aber mein Bein gab unter mir nach. Ein taubes Gefühl machte sich breit, und ich blickte verwundert auf den großen nassen Fleck, der sich auf meinem Oberschenkel ausbreitete.

Zwei mir unbekannte Seeleute kamen von irgendwoher angerast, griffen mich ohne großes Federlesen unter den Armen und schleiften mich zu einem nahen Gebäude, während uns die Splitter mit schauerlichem Pfeifen nur so um die Ohren flogen.

Das taube Gefühl ließ nach, und die Schmerzen setzten ein. Durch die zusammengebissenen Zähne quetschte ich ein paar Flüche hervor, aber der Blutverlust war offensichtlich schneller als mein Denken. Mir wurde kalt, und die Welt wurde dunkel. Mein letzter Gedanke war: *Das war es also?*

* * *

Ich erwachte in einem weiß bezogenen Bett. Um meinen Schenkel war ein fester sauberer Verband gewickelt worden. Für ein paar Augenblicke wußte ich nicht einmal, wo ich war, denn die Erinnerung kehrte erst mit Verzögerung zurück. Der Angriff war vorbei, und irgend jemand hatte mich ins Lazarett verfrachtet, jedenfalls reimte ich mir das so zusammen.

Die Tür öffnete sich leise, und ich glaubte zuerst, ein Gespenst zu sehen. Hubesch! Der Signalmeister kam mit einer in Packpapier gewickelten Pulle herein und schloß leise die Tür. Erst als er sich umdrehte, sah er, daß ich die Augen offen hatte. »Herr Kapitän?«

»Hubesch? Das gibt's doch wohl nicht!« Meine Stimme war nicht mehr als ein Flüstern. Er trat näher an mein Krankenlager heran und deponierte mit einem Augenzwinkern sein Mitbringsel auf dem Nachttisch. »Ich dachte ... die *Gustloff*?«

Er schüttelte den Kopf. »Auf der waren wir nicht. Weil von Riedens Leute die ganzen Kisten mit der Privatbeute von Koch bei sich hatten, hielt Neitzel es aus welchen Gründen auch immer für angebrachter, uns auf dem Torpedoboot einzuschiffen. Auf dem Ding ging es unbequem und eng zu. Und wie es nun mal so ist, gab es auch Gemaule, daß wir mit dieser schaukelnden Badewanne anstelle des Dampfers vorliebnehmen mußten.« Hubesch zuckte mit den Schultern. »Dann passierte die Sache mit der *Gustloff*.«

Ein bedrücktes Schweigen setzte ein, denn zu diesem Drama gab es nichts zu sagen. Der Vorhang war gefallen.

Die Zeit im Lazarett verging nur langsam. Ich hatte Glück gehabt, daß der Splitter, von dem ich getroffen worden war, nicht auch noch irgendwelche Knochen durchschlagen hatte. Die Ärzte hatten mir versichert, daß ich schon in ein paar Wochen wieder Dienst tun könne. Allerdings war ich im Augenblick gar nicht so besonders scharf darauf.

An Besuch mangelte es mir jedenfalls nicht. Hubesch, Wolf und Fräulein Helfert waren mir weiterhin zugeteilt und konnten daher in aller Ruhe abwarten, bis ich wieder auf den Beinen war. Kapitän Roloff war von Hubesch über meine Verwundung unterrichtet worden, hatte aber zur Zeit andere Sorgen, weil der Stab von Berlin nach Plön verlegt werden sollte. Die Russen kamen offenbar der Reichshauptstadt immer näher.

In der Ostsee lief »Hannibal« Tag und Nacht unvermindert weiter. Manche der klapprigen Transporter schafften wöchentlich eine Tour hin und zurück. Tausende und Abertausende von Flüchtlingen stiegen in Kiel und Flensburg aus den altersschwachen Frachtern und ehemaligen Lazarettschiffen, erschöpft, aber heilfroh, dem ostpreußischen Kessel einigermaßen unbeschadet entronnen zu sein. Doch auch das große Sterben in der Ostsee ging weiter. Am 9. Februar wurde die *Steuben* mit etwa viertausend Menschen an Bord von einem russischen U-Boot torpediert und ging unter. Im Gegensatz zur *Wilhelm Gustloff* hatte sie jedoch kein militärisches Personal an Bord, sondern ausschließlich Flüchtlinge.

Doch für den Großdeutschen Rundfunk war diese neuerliche Katastrophe genausowenig ein Thema wie die gesamte Evakuierung aus dem Osten.

Nach vierzehn Tagen gestattete man mir, erstmals das Krankenbett zu verlassen und an Krücken herumzuhinken. Zudem bekam ich von dem leitenden Arzt die Erlaubnis, Kapitän Roloff anzurufen. Der

Erste ASTO konnte es kaum glauben, als er meine Stimme hörte. »Mensch, Thomsen! Sie sind wieder auf den Beinen?«

»Teilweise, Herr Kapitän. Zumindest darf ich auf Krücken etwas herumturnen, aber rauslassen will man mich noch nicht.«

Roloff dachte einen Augenblick nach. »Ich könnte natürlich was drehen, aber im Augenblick sind Sie vielleicht gar nicht so schlecht aufgehoben, wo Sie sind, Herr Thomsen!«

»Was soll das heißen?«

»Der Stab zieht um, die Russen rücken näher, und im Westen bröckelt es auch überall.«

»Das war zu erwarten, Herr Kapitän!«

»Natürlich war es das!« erklärte Roloff, keinesfalls bemüht, leise zu sprechen. »Fakt ist, der Löwe steht unter Druck seit ›Hannibal‹. Man hat ihm nicht verziehen, daß er gegen die offiziellen Befehle gehandelt hat.« Roloff kicherte nun sogar. »Er bezieht kaum noch zu irgendwas Stellung. Im Grunde wartet er einfach nur ab. Bei einer Besprechung im Führerhauptquartier hat er zur Lage gemeint, er vertrete nur die Marine, und der Führer werde schon wissen, was er tut.«

»Deutlicher ging es nicht.«

»Nein, wahrscheinlich nicht.« Er zögerte. »Auch wenn der Krieg vermutlich nicht mehr lange dauert ... es gibt schon noch ein paar Dinge zu tun. Erholen Sie sich daher besser, denn sollten Sie wieder auf dem Damm sein, bevor alles vorbei ist, wartet Arbeit auf Sie.«

Ich verstand die Warnung. Fünfeinhalb Jahre Krieg

lagen hinter uns, nun waren wir am Ende. Zu gewinnen war nichts mehr, nur unsere Ehre konnten wir wahren, das bißchen, das uns unsere eigene Führung gelassen hatte. »Als Hunde leben oder als Wölfe sterben?«

Roloff räusperte sich. »Die alte Frage, die man sich schon 1919 in Scapa Flow gestellt hat.«

Dieser Antwort entnahm ich, daß es vielleicht besser war, das Thema zu wechseln. »Wie läuft ›Hannibal‹, Herr Kapitän?«

Die Operation »Hannibal« war allein schon dadurch, daß sie stattfand, zu einem unverfänglicheren Thema geworden.

Roloffs Stimmung schien sich etwas zu bessern. »Wenn die Listen auch nur in etwa stimmen, dann ist es gelungen, über eine Million Menschen rauszubringen. Die Heeresgruppe Kurland kämpft immer noch im Kessel, die Evakuierungen der Zivilbevölkerung können also noch eine Weile weitergehen.«

»Und die Verluste?«

Er schwieg einen Augenblick. »Die *Gustloff*, die *Steuben*, ein paar kleinere Schiffe und mit ihnen alles in allem bisher rund achtzehntausend Menschen.« Als er weitersprach, wurde seine Stimme eindringlicher. »Die Versenkung der *Gustloff* war ein fürchterliches Erlebnis für alle, die dabei waren, Herr Thomsen, aber in Anbetracht der anderen Zahlen ...« Er brach ab. Natürlich hatte er recht mit dieser Gegenrechnung. Über eine Million gerettet, achtzehntausend verloren.

Wir beendeten das Telefonat mit ein paar Belanglosigkeiten. Unsere Welt brach zusammen, und irgendwie, auf eine seltsam unklare Art und Weise, ging uns mit dem Krieg auch der Gesprächsstoff aus. Vielleicht war eine Freundschaft, die in Kriegszeiten geschlossen wurde, nicht fähig, den drohenden Frieden zu überleben.

Ich hinkte aus dem Ärztezimmer über den Flur zurück zu meinem Bett und hatte nur noch das grenzenlose Bedürfnis, den Schlaf nachzuholen, den ich nächtens nicht finden konnte, da ich immer wieder schweißgebadet aufschreckte, weil mir nach wie vor die Hilferufe der Ertrinkenden in den Ohren gellten. Wie hatte Roloff gesagt? *Die Versenkung der Gustloff war ein fürchterliches Erlebnis für alle, die dabei waren.*

Glossar:

Aal	Torpedo
AK	Äußerste (Maschinen-)Kraft
ASDIC	Ortungsgerät (Sonar) deutsche Version. USG, S-Gerät
Bach	Meer
Back	1. vorderer Teil des Oberdecks 2. Tisch an Bord, davon abgeleitet. Backskiste = Sitztruhe am Tisch
backsen	beide Schrauben laufen gegeneinander, um auf Gegenkurs zu kommen
BdW	Bootsmaat der Wache
belegen	1. Leine festmachen 2. Befehl oder Meldung widerrufen
Besteck	Schiffsortbestimmung
Bilge	unterster Teil des Schiffsinneren
BdU	Befehlshaber der U-Boote
Brücke	hier: Turmplattform des U-Bootes
BÜ	Befehlsübermittlung(-sgerät), auch Befehlsübermittler (Posten)
Bucht	Schlaufe im Tau, Seilschlinge
Charly	Spottname für brit. Aufklärer
Deckoffiziere	Feldwebel, Oberfeldwebel, Fähnrich
Dickschiff	Kreuzer, Schlachtschiff
dwars	querab
Einbaum	Spottname für die kleinen U-Boote
ES	Erkennungssignal
Etmal	in 24 Std. zurückgelegte Strecke, von Mittag zu Mittag gemessen
FdU	Führer der U-Boote
Feger	Sicherung vor/im Geleitzug
Feuerlee	dem Beschuß abgekehrte Seite
Freund Hein	der Tod

FT	Funkspruch/Funkgerät
FuMB	Funkmeßbeobachtungsgerät, erkennt RADAR-Ortung
FuMO	Funkmeßortungsgerät = deutsches RADAR
Geisterecho	entsteht durch unterschiedlich dichte Salzwasserschichten, die den Ortungsstrahl (ASDIC) vom Objekt ablenken
GHG	Gruppen-Horch-Gerät
gKdos	geheime Kommandosache = Geheimhaltungsstufe
Gestapo	Geheime Staatspolizei, jagte sogenannte Verräter, Staatsfeinde etc.
HJ	Hitlerjugend
Hundewache	Wache von 0.00 Uhr bis 4.00 Uhr
I WO (II WO III WO)	1. (2./3.) Wachoffizier
K an K!	Anruf: Kommandant an Kommandant
Kardeele	Hanf-, Sisalstränge, aus denen Tauwerk zusammengedreht ist
KdF-Schiff	Kraft-durch-Freude-Schiff = Schiff der Deutschen Arbeitsfront (NS-Organisation) für Urlaubsfahrten ihrer Mitglieder
Kimm	Horizont
Kinken	Seilschlinge, auch: gefährliche Lage
Klappbuchs	Signal-/Morselampe
Klempnerladen	Spottname für Orden und Ehrenzeichen
Knoten	hier: Schiffsgeschwindigkeit in Seemeilen
Kolbenringe	goldene Ärmelstreifen = Offiziersrangabzeichen

krängen	Schiff legt sich auf die Seite
KTB	Kriegstagebuch
Läufer	Bote
lenzen	auspumpen (Lenzpumpe)
LI	Leitender Ingenieur, technischer Offizier
LM	Leitender Maschinist, Feldwebelrang
Löwe	Spitzname für den Befehlshaber der U-Boote Dönitz
Männchen bauen	militärische Haltung annehmen
Mahalla	großer Schiffsverband
Maling	Anstrich
M-Bock/M-Boot	Minensucher
Mittelwächter	Imbiß/Getränk für die Wache ab 0.00 Uhr
Mixer	Mechaniker, z.B. Torpedomixer
Morgenmusterung	Antreten der Besatzung zum Befehlsempfang etc.
Muck	hohe Kaffeetasse aus Keramik, »Kaffeepott«
Naxos	Kurzform der Meldung »Naxos-Gerät zeigt Radar«, Naxos-Gerät = Passivortungsgerät
Nock	äußerster Teil der Brücke, einer Rah etc.
Nummer Eins	Kriegsmarine. Seemännische Nummer Eins = Oberbootsmann, der für den gesamten seemännischen Bereich an Bord verantwortlich ist = Smadding
O-Messe	Offiziersmesse
ObdM	Oberbefehlshaber der Marine
OKM	Oberkommando der Marine

Päckchen	1. Bordkleidung, z.B. Lederpäckchen 2. Boote liegen Bord an Bord
Papenberg	Anzeige für Sehrohrtiefensteuerung
peilen	sichten, messen
Peilung	Kompaßpeilung: Winkel zwischen 0° (Nord) und dem Objekt, z.B. Boje, Landmarke etc. Schiffspeilung: Winkel zwischen Schiffslängsache (Bug = 0°) und Objekt
Schapp	kleiner Raum, auch Fach, Schrank
Schlunz	Krankenrevier, Lazarett, Krankenhaus
Smut'	Smutje = Koch
Spargel	Periskop, Sehrohr
Schott	Tür, Tor
Schotten	wasserdichte Abteilungen im Schiff (s.u. Verschlußzustand)
Schwell	Welle ohne Brechen
Smut	Schiffskoch, auch Smutje
Spring	vordere/achtere leichte Trosse zum Kai
Stahlseele	Verstärkung in stark belastetem Tauwerk (aus Stahl)
Stelling	auch Gangway, Steg vom Schiff zum Kai
Stoker	Heizer, allgemein: Maschinenpersonal
Stoppelhopser	Spottname für Angehörige der Landstreitkräfte
Tampen	Leine, Seil, Tau
Tanks peilen	Verbrauch feststellen
trimmen	hier: die Gewichtsverteilung im getauchten U-Boot entsprechend

	ausgleichen, damit es auf ebenen Kiel kommt.
Übersegler	Übersichtskarte
ULD	U-Bott-Lehrdivision (= U-Boot-Schule)
USG (S-Gerät)	Unterwassersuchgerät, Sonar = deutsches ASDIC
UZO	U-Boot-Zieloptik
Varta-Lampe	Morselampe
verholen	1. Schiff an einen anderen Platz verlegen 2. sich verdrücken
Verschlußzustand	Schließen der wasserdichten Türen (= Schotten) im Schiff bei Gefahr
Wabos	Wasserbomben
Wache	Besatzung ist in Steuer- und Backbordwache eingeteilt, wechseln alle 24 Stunden. Ausnahme: von 12 bis 16 Uhr Wechsel im Zwei-Stunden-Rhythmus
Wahrschau	Warnruf, bedeutet: Achtung, aufgepaßt
wahrschauen	warnen, aber auch: wecken, melden, herbeirufen
Wintergarten	hinterer (offener) Teil des U-Bootturms; dient als Geschützplattform für die Flak
Wooling (Wuling)	Durcheinander (insbes. vom Tauwerk)
Zentrale	Kommandoraum des U-Bootes, geschützt durch Kugelschott, letzte Zuflucht bei Havarien etc.
Zossen	abfällige Bezeichnung für ein (altes) Schiff